D1619113

Grotjahn · Der Geschmack von Messing

Friedrich Grotjahn

Der Geschmack von Messing

Roman

Radius

Friedrich Grotjahn, 1935 in Hary / Niedersachsen geboren, evangelischer Theologe. Bis 1991 Gemeinde- und Studentenpfarrer, seitdem freier Journalist und Autor; schreibt Prosa und Hörfunktexte. Lebt in Bochum.

ISBN 3-87173-226-5
Copyright © 2001 by RADIUS-Verlag GmbH Stuttgart
Alle Rechte der Verbreitung, auch durch Film, Funk, Fernsehen,
fotomechanische Wiedergabe, Tonträger jeder Art,
auszugsweisen Nachdruck oder Einspeicherung
und Rückgewinnung in Datenverarbeitungsanlagen aller Art
sind vorbehalten.
Umschlag: André Baumeister
Gesamtherstellung: Clausen & Bosse, Leck
Printed in Germany

für Hildegard

1

»Liebe Trauergemeinde«, sagte Pastor Meinhold, »wir sind zu-
sammengekommen, um von Christian Droste Abschied zu
nehmen, der nach schwerer Krankheit im Alter von sechsundfünfzig Jahren von uns gegangen ist. So laßt uns denn
zu Beginn dieser Feierstunde singen: ›Ich bin ein Gast auf
Erden‹.«

In der ersten Reihe saßen Julia, Susan und Tessa. Ihre je-
weiligen Mütter weiter hinten, doch Christians Töchter hatten darauf bestanden, als Angehörige des Verstorbenen gesehen, erkannt und anerkannt zu werden. Und während die
Gemeinde sang, blickten sie stumm und, soweit es das
Make-up zuließ, verheult gegen das Fußende des Sarges ihres Vaters.

»Es ist noch eine Ruhe vorhanden dem Volke Gottes.« -
Pastor Meinhold sprach von Christian als einem »homo via-
tor«, einem ruhelosen Wanderer in dieser ohnehin unruhi-
gen Zeit. Ein Reisender sei er gewesen, ein Reisender von
einem Lebensentwurf zum anderen, stets unabgefunden,
stets auf Neues aus. Doch einen Ort habe es gegeben, an
den sei er immer wieder zurückgekommen: das Grab seiner
Mutter hier auf diesem Friedhof, das Grab der Frau, die ihn
verließ, als er ein kleiner Junge war. Heute nun kehre er
endgültig heim zu ihr; in ihrem Grab werde er seine letzte
Ruhe finden.

Julia sah sich um. Die Friedhofskapelle war voll. Außer
ihrer Mutter kannte sie niemanden. Irgendwo mußte Martin
sitzen. Hinten an der Eingangstür standen Leute, die keinen
Platz mehr gefunden hatten. Sich aber auf die erste Bank zu
den Angehörigen zu setzen, verbot ihnen die Pietät.

Da wurde die Ausgangstür an der Stirnseite geöffnet. Ein kleiner Mann in tadellosem Schwarz trat herein, ging an Christians Sarg vorbei, nickte den drei Töchtern zu wie alten Bekannten und setzte sich neben sie. Er legte das rechte auf das linke Bein, dann das linke auf das rechte, dann wieder das rechte auf das linke und musterte während der Ansprache neugierig die jungen Frauen neben sich, beugte sich vor, daß er sie auch richtig sehen konnte. Nach der Ansprache, bei: »Wenn ich einmal soll scheiden...«, sang er auswendig und unangemessen laut, als wollte er Pastor Meinhold Konkurrenz machen.

Julia kam unversehens ein anderer Pastor in den Sinn. Mit dem hatte sie in der vergangenen Woche ein sehr unangenehmes Telefongespräch geführt. Wie hieß denn der noch mal? Ach ja, der hieß Held. Christian hatte Julia gebeten, ihn anzurufen und ihm zu sagen, daß er von ihm nicht beerdigt werden wolle. - Und warum sollte er? - Weil er sonntags in dessen Kirche Orgel spielte.

Kaum hatte sie ihm Christians letztwillige Verfügung mitgeteilt, da war der auf der anderen Seite der Leitung zum Rumpelstilzchen geworden. Indigniert und höchst beleidigt hatte er mit einem »seelsorgerlichen Besuch« an Christians Krankenbett gedroht. Doch da hatte Julia ihm versichert, daß ihr Vater auch darauf keinen Wert lege, und aufgelegt. Und wieso kam sie gerade jetzt auf den?

»Laßt uns nun hinausgehen zum Acker Gottes und den Leib unseres Bruders zur letzten Ruhe betten...«

Sie traten aus der Halle, der Bestatter mit dem Friedhofsbeamten, gefolgt von vier unschlagbar würdigen Trägern rechts und links des Sargwagens, gefolgt von Pastor Meinhold, gefolgt von Christians Töchtern, gefolgt von der übrigen Trauergesellschaft. Die Totenglocke begleitete ihren Weg. Der Regen hatte aufgegeben, aber immer noch war es ein nasser Spätwintertag, dessen Kälte Julia unter die Kleidung kroch. Der schwarze Mann von ihrer Bank blieb nicht hinten bei den anderen Trauergästen. Er ging an den Töchtern, am Pastor, an den Trägern, vorbei ganz nach vorn. Sein Gehen, wie er sich bemühte, einen dem Anlaß angemessenen Schritt beizubehalten und trotzdem schneller zu sein als der Leichenzug, erinnerte Julia an Charly Chaplin, wenn der es eilig hatte. Der Mann sprach mit dem Bestatter, ließ den

Sargwagen vorbei, versuchte, Pastor Meinhold etwas mitzu-
teilen, blieb dann zurück.

Am Grab angekommen, hoben die Träger den Sarg vom
Wagen und setzten ihn auf die beiden Querbalken über der
Grube, nahmen Aufstellung, hielten ihre Schirmmützen in
der weißbehandschuhten Rechten vor der Brust und erstarr-
ten in Ehrfurcht vor dem Toten. Dann griffen sie zu den
Stricken, hoben den Sarg an. Der Bestatter nahm die Querbalken zur Seite, und die Träger ließen Christian langsam in
die Grube.

*»Nachdem es dem Herrn über Leben und Tod gefallen hat,
unseren Bruder Christian Droste aus diesem Leben abzube-
rufen, legen wir seinen Leib in Gottes Acker, damit er wieder
zu Erde werde, davon er genommen ist.«* Und bei *»Erde zu
Erde, Asche zu Asche, Staub zum Stäube«* klatschten drei
Schaufeln nasser Lehm auf den Sarg.

Pastor Meinhold wandte sich den drei jungen Frauen zu,
gab ihnen die Hand, trat zur Seite, den Weg zum Grab frei-
machend, da hüpfte das schwarze Männchen auf das Brett
der Grabeinfassung, hob seine Hände und erhob seine Stimme. Die kannte Julia in der Tat von ihrem Telefongespräch.
Er rief der Trauerversammlung zu:

»Und es ist sicher im Sinne unseres Bruders Droste, wenn
wir hier an seinem Grab einen Kanon singen: *›Lobet und
preiset ihr Völker den Herrn!‹* Zuerst gemeinsam, dann in
drei Gruppen, Sie bis hierher, dann Sie bis zu dem Baum,
und dann Sie.« - Kein Zweifel, das war Pastor Held, der hier
fromme Rache an seinem Organisten nahm. - Und mit fröh-
licher Trompetenstimme begann er zu singen.

»Lobet und preiset ihr Völker den Herrn.«

Mit eher schütterem Gesang stimmte die Gemeinde in das
Lob Gottes ein.

»Freuet euch seiner und dienet ihm gern.«

Julia überkam die Wut wie eine plötzliche Woge.

»All ihr Völker lobet den Herrn.«

Sie pustete eine Haarsträne aus dem Gesicht, klemmte ihren Blumenstrauß unter den Arm, öffnete die Handtasche,

»Lobet und preiset ihr...«

Sie zog den Reißverschluß vom Sonderfach auf, griff nach
der Pistole darin.

»Völker den Herrn... dienet ihm gern...«

Der singende Held sah triumphierend zu Julia herüber.

»Lobet und preiset ihr...«

Da sah er in eine Pistolenmündung.

»Freuet euch seiner und...«

Er trat einen Schritt zurück,

»All ihr Völker...«

rutschte auf der regennassen Grabumrandung aus, verlor das Gleichgewicht und - halb fiel er, halb sprang er - verschwand in der Grube.

Mit einem gestöhnten »Ah«, das Julia an das kollektive, hoch angesetzte und dann rasch nach unten abklingende »Ah« eines Fußballstadions bei einem knapp verfehlten Tor erinnerte, erstarb das Gotteslob.

In die eingetretene Stille Gepolter aus Christians Grab. Zwei Hände tauchten am vorderen Rand auf, dann ein Kopf mit wirrem Haar und Lehm im Gesicht. Zwei Brillengläser sahen in Julias Richtung, bereit, augenblicks wieder abzutauchen. Doch die hatte die Pistole in ihren Blumenstrauß gesteckt, stand dem gestürzten Helden unbewaffnet gegenüber.

Und wie sie ihn da hängen sah, kam ihr das Lachen. Je länger je weniger konnte sie an sich halten. Sie biß sich auf die Zunge, zog die Nase kraus, kniff sich in den Arm, hielt die Hand vor den Mund, es nützte nichts, sie prustete los.

Susan und Tessa sahen den komischen Mann im Grab und dann Julia an, brachen nun auch in Lachen aus, und nach und nach griff die Heiterkeit auf die anderen Trauergäste über. Es gab ein Heidengelächter.

Inzwischen hatte Pastor Meinhold - »Halten Sie bitte!« - einer Frau Gesangbuch und Agende in die Hand gedrückt und - »Fassen Sie mal mit an!« - einen Mann zur Hilfestellung aufgefordert. Zusammen mit ihm zog er seinen Kollegen aus der Grube. Der warf noch einen mißtrauischen Blick auf Julia und machte sich davon.

Nach diesem fröhlichen Intermezzo traten Julia, Susan und Tessa ans Grab. Mit dem Blumenstrauß warf Julia ihre Pistole - »Von dir habe ich sie, hier hast du sie zurück!« - auf Christians Sarg. Es klang, als habe jemand einen Stein geworfen.

»Was war das?« flüsterte Tessa.

»Das war eine Parabellum 08«, sagte Julia.

2

Den Einstich spürte er kaum.

»Schwierig, eine Stelle für die Spritze zu finden, so mager wie Sie geworden sind«, sagte Schwester Inge. Christian spürte, wie der Schmerz sich verlor. Er lächelte.

»Morphium ist doch was Angenehmes«, sagte er, »und Angst davor, daß ich süchtig werde, brauche ich ja wohl nicht mehr zu haben.«

Er legte sich zurück, schloß die Augen, versuchte Ordnung in seine Gedanken zu bringen.

Womit hatte es eigentlich angefangen? Damit hatte es angefangen: Er war gestürzt, hingefallen mitten auf der Straße. Hingefallen ohne Grund. Eine ungeheure Kränkung. Es war geschehen, und nichts war mehr wie vorher.

Christian war aus der Redaktion gekommen, wie immer zu spät. Im Supermarkt die immer gleiche Ansage: »Meine Damen und Herren, der Markt wird jetzt geschlossen. Bitte begeben Sie sich zu den Kassen. Wir danken für Ihren Einkauf.« Christian hatte Tasche und Schirm in den Einkaufswagen geworfen, das Nötigste besorgt und war der letzte am Ausgang. Wieder draußen suchte er Tasche, Schirm und Einkaufsbeutel zu koordinieren, stand an der Ampel, ging los, als alle losgingen.

Auf der Kreuzung fiel er hin. Einfach so. Er konnte sich auch später nicht erinnern, ob er gestolpert oder ausgerutscht oder was es gewesen war. Sein Kinn schlug aufs Pflaster, die Zähne schlugen aufeinander. Leute kümmerten sich um ihn, nahmen seine Sachen, führten ihn auf den Bürgersteig, fragten, ob man ihn nach Hause bringen solle. Er war benommen, sagte, es gehe schon, und wieder hatte er den Geschmack von Messing im Mund. Sie gaben ihm Beutel, Tasche und Schirm in die Hände - die waren total verschrammt -, setzten ihm den Hut auf den Kopf.

»Sie bluten ja.«

Da spürte auch er das Blut von seinem Kinn tropfen. Und immer noch stand er da. Aus seinem Einkaufsbeutel rann Rotwein, gemischt mit Fischmarinade. Jemand nahm den Beutel und packte ihn, so wie er war, in einen Müllcontainer. Man gab Christian einen Stapel Papiertaschentücher, die sollte er unters Kinn halten, fuhr mit ihm ins Krankenhaus, gab ihn in der Ambulanz ab.

Er lag auf einer Liege. Aus der Wunde wurde ein kleiner Stein entfernt, das Loch genäht und gesprayt, seine Hände rot bepinselt. Er solle drei Tage zu Hause bleiben, und wenn die Wunde klopfe, wiederkommen - ob er seinen Krankenkassenchip dabei habe. Sein Mantel mußte in die Reinigung.

Hinfallen ohne Grund war eine Alterserscheinung, die Eintrittskarte in den Club. Alles andere hatte nicht so gezählt, die grauer werdenden Haare, seine Kurzatmigkeit die Treppe hinauf. Nicht einmal sein Sich-selbst-Beweisen, wenn er den Fahrstuhl verschmähte. Er war hingefallen wie ein alter Mann, der sein Gleichgewicht nicht mehr unter Kontrolle hat, hilflos der Fürsorge der Passanten ausgeliefert. Den Hut hatten sie ihm aufsetzen müssen. Und er war doch erst Mitte Fünfzig.

Christian begann, alte Männer anzusehen, wie sie sich bewegten, wohin sie guckten. Da gab es den elastischen Euch-Jungen-mache-ich-immer-noch-was-vor-Typ mit dem durchgedrückten Kreuz und dem ehernen Blick in die Ferne und den schlurfenden Nach-dem-Sturz-Typ, Blick am Boden, immer auf der Suche, Möglichkeiten zu stolpern aus dem Weg zu gehen.

Sobald sein Kinn es erlaubte, ging Christian wieder in die Sauna. Auch hier die beiden Typen. Der, der sogar nackt noch herrisch auftritt, die Tür aufreißt, sein »Guten Morgen« in die Hitze röhrt und sich mit Wucht auf die oberste Bank knallt, hinterher ins Tauchbecken springt wie Hans Albers in den Starnberger See, und der andere, der eher gebeugte, stillere Typ.

Alte Männer unter der Dusche. Spitzbauch, Rundbauch, Schwabbelbauch. Schlenkerglied, Schrumpelpenis, Hängesack. Alles, was sie tun, ist bedeutsam. Die Inbrunst, mit der sie sich überall einseifen, die Art, wie sie das Wasser über sich ergehen lassen. - Und nach dem Abfrottieren läßt ihr andächtiges Einölen noch einmal an Religion denken. – Zu diesem Club sollte nun auch er gehören?

Christian ertappte sich dabei, wie er »alter Mann« spielte. Der Typ »herrischer Alter« lag ihm nicht so. Er trug seinen Hut mehr nach unten, ging schlurfiger. Und die Vorstellung die er bot, war offenbar überzeugend. Als er schwerfällig in die Straßenbahn einstieg, stand eine jüngere Frau auf und bot ihm ihren Platz an, ein Angebot, das er mit schmerzlichem Lächeln akzeptierte.

Da saß er auf ihrem Platz und starrte alt und finster vor sich hin. So wie die Frau aussah, hätter er gerne etwas mit ihr angefangen. Aber als alter Mann, keine Chance. Sie hatte ihm ihren Platz abgetreten und damit eine Barriere aufgebaut. Zwischen ihnen gab es keine Beziehung, nur Fürsorglichkeit. - Und da dachte er, daß man es auch übertreiben könnte, das mit dem Alter.

Das Telefon. Christian tastete nach dem Hörer auf dem Metallschränkchen neben seinem Bett.

»Hier ist Julia. Martin hat mich angerufen, gesagt, daß du wieder im Krankenhaus bist. Du hättest mich auch eigentlich selber informieren können. Also, ich komme übermorgen und bleibe bis -«

»Bis?«

»Solange du mich brauchst.«

Und wo sie seinen Wohnungsschlüssel bekommen könne. Schließlich müsse sie ja irgendwo übernachten.

Martin hatte sie angerufen. Martin der Verläßliche, Martin der Mitschüler, Banknachbar vom ersten Jahr bis zum Abitur, Martin, der Mitstudent in Hamburg und Berlin, Martin der Arzt, Martin, der immer da war, wenn man ihn brauchte. Martin hatte zur harten Krebsbekämpfung geraten.

Es war gar nicht das Alter gewesen, das ihn hatte hinfallen lassen. Drei Wochen nach seinem Sturz bekam Christian eine anhängliche Erkältung. Dauernde Verstopfung der Nebenhöhlen und Innenohren. Die Mittel, die sein anthroposophischer Arzt ihm verschrieb, schlugen nicht an. Er ließ ein Blutbild machen und schickte Christian danach sofort unters Messer. Die Untersuchung ergab, daß das Knochenmark, die Lympfsysteme, die Milz, das Blut und die Leber verkrebst waren.

Christian fuhr nach Hannover, wo Martin und Ina ihre Praxis hatten. Sie rieten ihm dringend zu einer Chemotherapie, sein Anthroposoph hatte eine Misteltherapie empfohlen. Als Christian dann aber doch die Chemie vorzog, fiel dem sichtlich ein Stein vom Herzen. Der Mann hatte sein anthroposophisches Gesicht bewahrt und war trotzdem die Verantwortung losgeworden. Das muß ein schönes Gefühl sein, dachte Christian.

Die Chemotherapie gab seinem Leben in den nächsten Monaten einen neuen Rhythmus. Fünf Tage Endoxan, ambulant gespritzt, dann täglich 200 Einheiten Cortison. Danach zwei Tage unmäßig trinken und entwässern, um die Chemie wieder auszuspülen. Die nächsten zehn Tage Absinken der Blutwerte und Wiederaufbau. Vierzehn Tage »Ruhe« und dann der nächste Angriff.

Sein Magen nahm die Behandlung übel. Ebenso die Beine und die Stimme. Die Chemie hatte Gefäße, Schleimhäute und Drüsen angegriffen, dafür aber den Krebs weggebombt. Wenigstens sah es so aus.

Die Nebenwirkungen ließen sich durch eine Kur beheben. Statistisch gesehen, erfuhr Christian, würden nach dieser Therapie sechzig Prozent der Behandelten fünf Jahre überleben. Sechzig Prozent sind sechzig Prozent. Es bleibt die kleinere Hälfte von vierzig Prozent, die dafür sorgt, daß die Statistik ausgewogen bleibt.

Christian sah sich im Zimmer um. Sein Bett. Der Nachttisch mit dem Telefon. Der Schrank. Die Tür. Die Heizung unter dem Fenster. Die Wand. Das Bild an der Wand, das Marienbild. Da saß sie, eine junge, ausnehmend schöne Frau, dem Ansehen nach kaum älter als der Mann in ihren Armen. Sie saß hoch aufgerichtet. Faltenreiches, weißes Gewand, ein Tuch über Kopf und Schultern. Auf ihrem Schoß trug sie den toten Sohn, hielt ihn umarmt. Sein Kopf ruhte an ihrer Brust als ruhe er aus, endgültig, als gebe es nur noch diese Ruhe. - So würde Christian auch einmal getragen werden wollen. Da sah die Madonna auf, sah zu Christian herüber. Sie lächelte ihn an, wandte sich dann wieder ihrem Sohn zu.

3

Christian sah nach draußen. Die Fernsehantenne auf dem Hausdach gegenüber stand im unteren Teil des Fensters. Daneben der Schornstein. Dünner Rauch stieg senkrecht auf zu einer sehr blassen Mondsichel ganz oben im Fenster. Neben dem Dach eine Kastanienkrone, schwarz-filigran. Dahinter ein hellblauer Himmel mit orangenen Streifen. Zum Mond hin wurde das Blau intensiver. Rechts, soweit rechts, daß er Gefahr lief, aus dem Bett zu fallen, sah Christian das eisgrün angestrahlte Gestänge des Förderturms. Deutsches Bergbaumuseum.

Er ließ sich ins Kissen zurückfallen. Da hatte das Haus drüben ein Dachfenster bekommen, bunt beklebt mit durchscheinenden Bildern. Aber Advent und Weihnachten waren längst vorbei, auch der Tag der Heiligen Drei Könige. Es war später Februar, 17 Uhr 25.

Christian schloß die Augen. Durchscheinendes Papier, orange, grün, rot. Stationen seines Lebens rollten vor ihm ab wie im rückwärtslaufenden Video. Immer weiter zurück in die Kindheit. Weihnachtssterne, ausgeschnitten, gefaltet, geklebt. Auch in der Schule, den Eltern eine Freude machen. Orange, grün, rot, rosa. Wieso rosa? Rosa ist keine Weihnachtsfarbe! Rosa nahm überhand, rosa Schleife, rosa Kleid, Edith.

Da hielt er den Film an.

Vor ihm stand Edith mit der Schleife im Haar und ihrem Kleid, das das Desaster ausgelöst hatte.

Ediths Geburtstag. Aber in welchem Jahr? Sein Vater war schon wieder verheiratet. Das war doch das Jahr mit der Ratte! - Da war er mit Martin auf dem Nachhauseweg gewesen, in der Wasserstraße. Der erste schöne Tag nach dem langen Regen. Ein jämmerliches Gefiepe kam aus einem Gossengully. Zuerst dachten sie, ein Vogel hätte sich darin verfangen. Martin kniete davor und sah hinein.

»Nichts.«

Da krempelte Christian den Ärmel hoch und langte so tief er konnte in das Loch. Da hatte sie sich in seine Hand verbissen, hing daran fest, ließ sich auch nicht wegschlenkern.

»Setz dich hin, ich trete sie tot«, schrie Martin und gab ihm einen Stoß. Christian saß auf dem Bürgersteig, die Hand von sich gestreckt auf dem Boden. Das Tier lag auf der Seite und rührte sich nicht, ließ aber auch nicht los. Und dann sah Christian, wie Martin der Ratte den Absatz seines Stiefels auf den Kopf setzte und zutrat. Einmal, zweimal. Da gab es einen Knacks. Das Tier ließ Christians Hand los und ging -

nein, es lief nicht, es ging, mit merkwürdig schaukeligen Bewegungen - zurück in den Gully. Christian sah ihm hinterher; im Mund einen Geschmack von Messing.

»Komm mit zu Dr. Giesecke!«

Martin wickelte sein Taschentuch um Christians blutende Hand und zog ihn mit sich.- Dr. Giesecke war gerade von einem Hausbesuch zurück.

»Eine Ratte hat ihn gebissen.«

»Die hat aber ganz schön zugelangt.«

Er verband Christian die Hand, und dann sagte er: »Ich gebe dir jetzt eine Tetanusspritze. Zieh die Hose runter. Mal sehen, ob wir noch eine saubere Stelle finden...«

Christian versuchte sich zu konzentrieren. Die Ratte war jetzt nicht das Thema. Um Edith ging es, um ihren Geburtstag. Da war er elf Jahre alt.

Christian hatte seine neue Hose an und fand Ediths Kleid doof. Rosa konnte er nicht ausstehen. Aber er mochte Edith und hatte sich über die Einladung gefreut.

»Gefällt dir mein Kleid?« fragte sie eifrig.

»Ja schon«, sagte Christian, »es ist nur - so rosa.«

»Alle anderen finden das Kleid schön, nur du nicht«, schmollte sie. Sie ließ ihn stehen, wandte sich zwei Mädchen zu, die gerade gekommen waren. Christian stand allein.

Die Geburtstagstafel. Großer Tisch, blütenweiße Decke. Unglücklicherweise kam er Edith gegenüber zu sitzen. Er wagte kaum, aufzusehen, sah nur rosa, und das an dem Mädchen, das er liebte. Er hätte lieber mit Martin oder Werner zusammengesessen, aber die saßen, unerreichbar fern, am anderen Ende. Als er aufblickte, sah sie ihn pikiert an.

»Was guckst du so?«

Alle sahen zu ihm her. Die Mädchen fingen an zu kichern. Christian dachte, daß ein vernünftiges Gespräch unter vier Augen das Problem hätte aus der Welt schaffen können. Aber Vernunft war hier offenbar nicht angesagt. Er spielte mit seiner Kakaotasse. Die kippte um, und ein brauner Fleck verbreitete sich auf der weißen Tischdecke. Christian nahm die Serviette, versuchte, den Fleck mit ihr zuzudecken. Sie sog sich voll. Er legte sie zur Seite. Das gab einen neuen Fleck. Verwirrt schob er sie weiter. Es war wie im Traum, immer schlimmer, immer brauner. Er stellte die Tasse wieder auf die Untertasse. Darin stand der Kakao kniehoch. Es spritzte auf die Tischdecke, und ein Spritzer sprang auf Ediths Kleid. Sie stieß ihren von allen gefürchteten spitzen Schrei aus.

»Jetzt hast du mein neues Kleid ruiniert!« - Sie hatte tatsächlich »ruiniert« gesagt. - »Das hast du mit Absicht getan!«

»Nein.«

»Doch!« kreischte Edith.

»Wirklich nicht«, beteuerte Christian.

»Du lügst!«

Da stand Christian auf. Er war ganz weiß im Gesicht. Stille goß sich aus über der Geburtstagtafel. Christian nahm die Tasse von der Untertasse und stellte sie auf das Tischtuch, wo es noch sauber war, nahm die Untertasse hoch, hielt sie mit beiden Händen gerade vor sich; und mit einer knappen Bewegung goß er den Kakao über Ediths Kleid. Dann stellte er die Untertasse wieder an ihren Platz, die Tasse ordentlich darauf, drehte sich um, ging grußlos an Ediths Mutter vorbei, die zur Tür hereinkam, verließ das Haus.

Bis zum Dunkelwerden streunte er durch die Stadt, ein einsamer Wolf, bereit, sich mit jedem anzulegen, der ihm quer kam. Niemand nahm von ihm Notiz. Da ging er nach Haus - die Eltern waren nicht da -, setzte sich an den Küchentisch.

Als sie kamen, saß er immer noch am Tisch, hauchte auf das Wachstuch, malte Männchen auf das Gehauchte. Sie setzten sich ihm gegenüber. Ihre Mäntel ließen sie an. Steif saßen sie da, eingehüllt in vorwurfsvolles Schweigen.

Christian blickte auf. Hatten seine Eltern mit den Mänteln die Kleiderbügel anbehalten? Die guckten am Nacken heraus. Das sah komisch aus, vor allem bei der Frau, die nun Christians Mutter war. Der Kleiderbügel-Haken kam ihrem Knoten ins Gehege. Sie hielt den Kopf angestrengt zur Seite. Wie ein Huhn, dachte Christian.

»Was grinst du noch?« grollte Christians Vater, »und wo bist du gewesen? Wir haben den ganzen Abend nach dir gesucht.«

»Ich halte das nicht mehr aus«, sagte die Mutter. »In meiner Familie...«

»Ausgerechnet bei Althoffs, deine Kakao-Arie!« sagte der Vater. »Ist dir eigentlich klar, was das bedeutet?«

Die Frau seufzte, knöpfte den Mantel auf, griff sich ins Genick, holte den Kleiderbügel heraus. Mit dem Halt im Nacken kam auch ihre Haltung abhanden. Sie stützte die Ellenbogen auf den Tisch, den Kopf in die Hände und starrte teilnahmslos auf das geblümte Wachstuch. Den Kleiderbügel legte sie zwischen sich und Christian. »Gebrüder Pasewalk - Köslin« stand auf dem Bügel.

Christian kannte ihn, und er kannte die Inschrift, und er kannte auch die Geschichte dazu. Als die Frau, zu der er jetzt »Mutter« sagte, noch Kind war, hatte dieses Instrument dazu herhalten müssen, daß sie lernte, bei Tisch gerade zu sitzen und auch sonst Haltung zu zeigen. In den letzten Kriegstagen, als sie mit ihrer alten Mutter aus Köslin fliehen mußte, sie schon auf dem Wagen saßen, war die Alte noch einmal ins Haus zurückgelaufen, noch etwas retten. In ihrer Kopflosigkeit hatte sie das Erstbeste gegriffen und war damit zurückgerannt. Erst als der Wagen fuhr, wurde ihr klar, was sie da noch vor den Russen gerettet hatte: diesen Kleiderbügel.

Christian griff danach, hielt ihn in der linken Hand und begann mit dem rechten Daumennagel ein Loch in das Holz zu bohren. Er wunderte sich, wie leicht das ging. Sägemehl rieselte heraus, rieselte auf die Wachstuchblumen, rieselte und rieselte. Schon war es mehr als eine Handvoll. Der Bügel mußte längst hohl sein, gab aber immer noch mehr her.

Christian sah über den Tisch zu der Frau. Die starrte stumpf auf das Traditionsgebrösel. Christian sah seinen Vater an. Einen Augenblick lang trafen sich ihre Blicke.

»Morgen gehst du hin und entschuldigst dich. Und zwar bei Frau Althoff und der Tochter. Wie heißt die noch mal?«

»Edith.«

»Also abgemacht.«

»Nein«, sagte Christian.

»Was soll das heißen: Nein?« Die väterliche Stimme nahm einen drohenden Klang an.

»Nein«, sagte Christian.

»Das reicht!« Der Vater stand auf und zog seinen Bügel aus dem Mantel wie einen Säbel aus der Scheide.

»Komm her!«

Da war auch Christian aufgestanden, die Zähne aufeinandergebissen, die Augen ganz schmal. Langsam hob der Vater den Bügel. Langsam griff Christian mit harten Fingern in das Sägemehl, bereit, dem Vater das Gebrösel ins Gesicht zu schleudern, falls der es wagen sollte, ihn zu schlagen. So standen sie sich gegenüber. - Am nächsten Morgen, als Christian das Haus zur Schule verließ, hatte Martin schon gewartet.

»Die Althoff hat sich gestern nicht wieder eingekriegt«, sagte er. »Zuerst hat sie deine Mutter angerufen und sich über dich empört. Dann hat sie behauptet, Werner hätte gefurzt. ›Pfui‹, hat sie gesagt, ›du hast gestunken‹ und hat uns alle nach Hause geschickt. Wir wären kein Umgang für ihre Tochter. Edith kann einem direkt leid tun. Und bei euch? Bestimmt hat es Ärger gegeben, wie ich deinen Vater kenne.«

»Was heißt Ärger?« sagte Christian. »Ich habe meinen Vater fertiggemacht.« - Sprachs und spuckte gezielt an Martins Knie vorbei in die Gosse. Wie ein Mann.

4

Christian war schon konfirmiert und ging aufs humanistische Gymnasium. Mit dem Konfirmandenunterricht, das war nicht ohne Spannungen abgegangen. Pastor Schubert erwartete von Christian dieselbe enge Zusammenarbeit in Sachen Religion, wie von seinem Sohn Martin. Schließlich war Christians Vater Organist, wenn auch nebenamtlich.

Christian war froh, als das vorbei war. Doch nach der Konfirmation sah er sich mit einer gesteigerten Aufmerksamkeit seiner jetzigen Mutter konfrontiert. Jetzt sorgte sie sich um die Reinerhaltung seines Leibes- und Seelenlebens, bestückte ihn mit Traktaten, die da hießen: »Junge, wahre dein Geheimnis« und: »Wenn Eva aber katholisch ist«; Schrifttum, das ihn vor »Befleckung« durch sich selbst und vor Frauen anderer Religionen bewahren sollte. Gegen Onanie wurden reine Gedanken und kaltes Duschen empfohlen.

»Die Anden, spanisch Cordilleras de los Andes, erstrecken sich vom Karibischen Meer im Norden bis zum

Kap Horn im Süden Lateinamerikas, insgesamt über 7500 Kilometern Länge.« - Der Erdkundeunterricht war zum Gähnen.

»Wir unterscheiden die Südanden, die Zentralanden und die Nordanden. Die Südanden bestehen aus einem schmalen Hochgebirgszug, in Feuerland bis 1500 Metern, nördlich davon bald 3000 bis 3500 Metern...«

»Da ist ein Indianerstamm entdeckt worden«, flüsterte Martin Christian zu.

»Wo, in den Südanden?«

»In den Anden eben.«

»Und?« Christian war nicht sehr interessiert.

»Schubert und Droste, ihr dürft auch aufpassen. Wo waren wir gerade?«

»In den Südanden«, sagte Martin.

»Richtig. - Bei 27 Grad südlicher Breite dehnt sich das Gebirge stark aus. Es beginnen die - na Droste?«

»Die Zentralanden, nehme ich an.«

»So ist es. - Zwischen Westkordillere und Ostkordillere mit Gipfeln von über 6000 Metern erstreckt sich der Altiplano mit abflußlosen Salzpfannen und Seen...«

»Dieser Indianerstamm«, fuhr Martin fort, »hat ein Mittel gegen kaltes Duschen erfunden.«

»Und was?«

»Onanieren.«

Christian bekam einen Lachanfall.

Befragt nach dem Grund der Freude, sagte er - er konnte vor Lachen kaum sprechen - Martin habe ihm von einem neu entdeckten Indianerstamm in den Zentralanden erzählt. Diese Nachricht erfüllte die anderen Jungen in der Klasse mit Heiterkeit. Und als Christian auf den Flur geschickt wurde: »Geh erst mal zum Wasserhahn. Kaltes Wasser hilft«, brach bei ihm das Gelächter von neuem aus.

Wie aber sollte Christian sich Frauen fremden Glaubens vom Leibe halten? Sie hieß tatsächlich Eva und war tatsächlich katholisch - verschärft katholisch - und die Liebe zu ihr hatte ihn gepackt, geschmissen, hingerissen.

Evas Mutter, die Schwester des katholischen Priesters - ihr Mann war im Krieg in Rußland »geblieben« -, führte ihrem Bruder den Haushalt. Eva ging in die Schule nebenan. Ihre Pausenhöfe waren durch einen Maschendrahtzaun voneinander getrennt. Auch Eva mochte Christian, wenn auch nicht so bedingungslos wie er sie.

Sie trafen sich anfangs eher zufällig, dann eher heimlich. Christian erinnerte sich an einen Spaziergang am Kanal: Eva stand auf der Kanalböschung, hinter ihr der Gasometer. Christian, etwas tiefer als sie, sah zu ihr auf. Sie trug einen grünen Dufflecoat mit Hirschhornknebeln, auf dem Arm eine kleine Katze, lachte ihn an mit dufflecoat-grünen Augen in einem blonden Sommersprossengesicht.

»Ein Kater müßte man sein!« Das war alles, was er hatte sagen können. - Mein Gott, wie lange war das schon her!

Eines Nachmittags - es regnete, und sie hatten sich noch so viel zu sagen - zog sie ihn mit sich in die Kirche ihres Onkels. Da war es trocken, dämmerig; und für ihn war alles fremd und irritierend: der Geruch von Weihrauch, Evas routinierter Griff zum Weihwasserbecken, ihre lockere Bekreuzigung.

»Ist was?«, fragte sie kurzhin und ging zielstrebig in Richtung Seitenkapelle.

Christian dachte an den kühlen, hellen, geruch- und geheimnislosen Raum seiner gewohnten Kirche, der nur durch die Orgelmusik seines Vaters von überhaupt etwas erfüllt wurde. Eva faßte ihn an der Hand und schob ihn auf die letzte der sechs Kniebänke. Vier Kerzen brannten vor dem Marienaltar. Sonst waren sie allein.

Die Maria über dem Altar war mehr zu ahnen als zu sehen. Doch je länger Christian zu ihr aufsah, um so deutlicher wurde ihre Gestalt. Sie stand barfuß auf einer Mondsichel. Zu ihren Füßen wand sich die Schlange, der altböse Feind. Ihr Umhang: blau wie der Nachthimmel, besetzt mit lauter Sternen. Darunter trug sie ein goldschimmerndes Kleid. Das Jesuskind auf ihrem Arm war damit beschäftigt, seine Herrschaft über die Welt aufzurichten. Die Madonna hatte ein Tuch um den Sohn geschlungen, damit ihm bei seiner politischen Mission nicht kalt würde. Lächelnd sah sie auf Christian herab. Der blickte betört zu ihr auf. So wie die Madonna kam seine Mutter in seinen Träumen vom Himmel herab, im nachtblauen Gewand, besetzt mit lauter Sternen.

Eine Frau ging an ihnen vorbei zum Altar. Ein Geldstück klapperte im Offertenkasten. Sie steckte eine Kerze an und kniete sich in die erste Bank. Eva und Christian rückten eng zusammen, um miteinander sprechen zu können, ohne die Beterin zu stören.

»Wie redet man sie an?« fragte Christian flüsternd.

»Wen?«

»Die Maria.«

»Die redet man nicht an, zu der betet man.«

»Und wie betet man zu ihr?«

»Man sagt: ›Gegrüßet seist du, Maria, voll der Gnaden. Der Herr ist mit dir. Du bist gebenedeit unter den Weibern...‹«

»Den Weibern?«

»Nicht was du meinst.«

Christian war mit dem Mund ganz dicht an Evas Ohr. Der Duft ihres Haares mischte sich mit der Anwesenheit der Madonna und dem Weihrauch in der Luft zu einem gesamtkatholischen Geruch, der ihn ratlos und sehnsüchtig machte.

»Ich liebe dich«, wisperte er ihr ins Ohr.

»Was hast du gesagt?«

»Ich liebe dich.«

Da rückte sie von ihm ab.

»Ich bin aber katholisch«, sagte sie.

Die nächsten Treffen, die auf eher neutralem Boden stattfanden, im Schwimmbad und in der Milchbar, waren ausgefüllt mit Gesprächen über den Glauben. Alle vernünftigen Gründe, die Christian gegen den Katholizismus vorbringen konnte, prallten ab an Evas sturer Erklärung, sie könne nicht, wenigstens auf Dauer nicht, mit einem Jungen gehen, der eine andere religiöse Auffassung vertrete als die katholische Kirche. So leid es ihr tue. Und die Ehe - sie sprach von Ehe! - sei schließlich ein Sakrament, und das dürfe nicht, wenigstens letztendlich nicht, durch die Beziehung mit einem Andersgläubigen entweiht werden. Sagte sie und steckte den Strohhalm in den Milchshake, den Christian bezahlt hatte. Sie redete wie in einem Traktat; und Christian war fest davon überzeugt, daß ohne sie sein Leben nicht wert wäre, weiter gelebt zu werden.

Sollte er zum Katholizismus übertreten? Er dachte daran, probehalber schon einmal aus der evangelischen Kirche auszutreten. Seit seiner Konfirmation war er schließlich religionsmündig. Doch ein solcher Schritt kam ihm vor wie ein Sprung vom Drei-Meter-Brett, ohne zu wissen, ob Wasser im Becken ist. Also ließ er es erst einmal.

Er hätte zu Evas Onkel gehen und um Kommunions-unterricht bitten können. Entscheiden könnte er sich danach immer noch. Aber die Erfahrungen, die seine katholischen Klassenkameraden mit dem als Religionslehrer gemacht hatten, ließen ihn davon Abstand nehmen.

Es war ohnehin eine Zeit schulischer Niederlagen, Ärger mit den Eltern, Ratlosigkeit, Anfällen von grauem Elend. Mit seinen Freunden, auch mit Martin, konnte er zwar über »Frauen« reden, aber nicht über seine Liebe und schon gar nicht über Katholizismus. Und andere seriöse Gesprächspartner hatte er nicht.

Da träumte er in der Nacht von der Madonna aus der Seitenkapelle. Und als er Eva am nächsten Tag am Schulzaun traf, fragte er sie, ob es möglich wäre, eine Nacht lang ungestört in der Kapelle zuzubringen. Er wolle mit der Madonna reden, zusammen mit ihr darüber klar werden, ob er katholisch werden solle. Eva sah ihn an. In ihrem Blick die Angst, es könnte ernst werden. Er habe vielleicht merkwürdige Einfälle, wiegelte sie ab, und was das denn solle. Er aber blieb dabei, und sie gab schließlich nach. Drei Wochen später, als ihr Onkel verreist war, kam sie an die Schlüssel, sperrte Christian abends in der Kirche ein und versprach, ihn am Morgen vor der Frühmesse wieder herauszulassen.

Ihm war dann doch nicht sehr wohl, als er in der dunklen Kirche stand und hörte, wie Eva die Tür hinter ihm abschloß. Einen Augenblick lang dachte er an Rückzug. Doch er nahm sich zusammen, wartete, bis das Dunkel etwas weniger dunkel geworden war. Aus der Seitenkapelle kam schwacher Lichtschein. Die Madonna thronte im Dunkeln, hoch oben, erhaben und fern. Die beiden Kerzen vor dem Altar, weit heruntergebrannt, drohten auszugehen. Christian nahm eine neue aus dem Kasten, entzündete sie und klemmte sie in eine der Halterungen auf der Eisenplatte, wo tropfendes Wachs bizarre Stalagmiten gebildet hatte. Die Finsternis war erst einmal gebannt.

Er nahm eine zweite Kerze, eine dritte, eine vierte, eine fünfte: Für seine traurige Liebe, gegen seine flackernde Angst, für seine verrückte Sehnsucht, gegen seine dunkle Ratlosigkeit, für seine verzweifelte Hoffnung. Der Kerzenschein wurde zum Lichtermeer. Und mit dem wachsenden Licht kam die Madonna von ihrer Höhe zu ihm herab.

»Gegrüßet seist du, Maria, voll der Gnaden...«, begann Christian. Dann kam er nicht weiter. Er sah auf seiner linken Handfläche nach. Da hatte er den Text aufgeschrieben wie in der Schule beim Mogeln.

»Wir können auch so miteinander reden«, sagte die Madonna.

Als Eva ihn am Morgen aufstöberte, waren die Kerzen abgebrannt. Christian lag auf dem Teppich vor dem Altar und schlief. Sie packte ihn an der Schulter.

»Schnell, gleich fängt die Frühmesse an!«

Er taperte hinter ihr her nach draußen, kniff die Augen zusammen; der Morgen war zu hell.

»Wo kommst du denn her?«, fragte die Frau seines Vaters als er in die Küche trat. »Du siehst ja ganz verkatert aus.«

»Ich war in der Kirche.«

»Die ganze Nacht?«

»Die ganze Nacht«, wiederholte Christian, »und außerdem werde ich katholisch.«

»Was wirst du?« Christians Vater kam herein und setzte sich an den Kaffeetisch.

»Ich werde katholisch«, sagte Christian und sah seinen Vater herausfordernd an.

»Aber doch nicht vor dem Frühstück! Laß uns nach der Schule darüber sprechen.«

Doch nach der Schule war keine Rede mehr davon, und katholisch wurde Christian auch nicht. In der Pause steckte Eva ihm einen Brief durch den Zaun. Sie habe die ganze Nacht kein Auge zugemacht, sei mit sich selbst und mit ihrem Gewissen zu Rate gegangen. Und nun sei dieses ihr fester Entschluß: Mit einem Jungen, der wegen eines Mädchens den Glauben wechsele, werde sie nicht zusammen gehen können. Und er solle nicht versuchen, sie umzustimmen. Es wäre überhaupt das beste für beide, wenn sie sich nicht mehr träfen. Und er solle ihr nicht böse sein. »Liebe Grüße, Eva.«

Christian hatte sich in der Toilettenkabine eingeschlossen, mit zitternden Händen den Brief aufgerissen und gelesen. Daß Eva ihn sitzen lassen würde mit dieser Begründung! Er saß auf dem Klo und dachte an Selbstmord. Doch dann schrillte die Klingel. Die Pause war zu Ende, das

Leben ging weiter. Der Musiklehrerin erklärte er, ihm sei nicht gut.

»Du bist blaß«, sagte sie, »solltest dich ins Bett legen.«

Ohne jemandem auch nur einen Blick zu gönnen, verließ Christian Klasse und Schule, ging nach Hause, brach seine Spardose auf und steckte das Geld in den Brustbeutel. Für den Anfang würde es reichen. Er verstaute Schlafsack und Regenzeug in den Fahrradtaschen, machte sein Finnmesser am Gürtel fest, packte sein Gepäck aufs Fahrrad und fuhr los. In der Wasserstraße hielt er noch einmal an, kaufte ein Brot, ein Glas Erdbeermarmelade und eine große Flasche Limonade. Damit verließ er die Stadt.

Am späten Nachmittag erreichte er den Wald. Hier war er letzten Herbst auf die kleine Höhle gestoßen, gerade so groß, einen wie ihn unterzubringen. Sie lag versteckt, ihr Eingang vom Weg her nicht zu sehen. Doch von ihr aus hatte er den ganzen Weg bis hinunter zu den Forellenteichen unter Kontrolle. Die Höhle war in diesem Jahr noch nicht benutzt worden. Das sah er gleich. Das Heu darin roch nach Schimmel. Er räumte es raus, packte Tannenzweige auf den Boden. Sein Fahrrad schob er ins Unterholz.

Langsam wurde es dunkel, und er war ganz allein auf der Welt. Er kroch in seinen Schlafsack und legte sich so in den Eingang, daß er nach draußen sehen konnte. Im Unterholz knackte es. Vorsichtshalber nahm er sein Messer vom Gürtel, steckte es griffbereit in die Erde.

Da lag er. Sollten sie ihn doch suchen! Sollte Eva doch denken, er habe sich umgebracht. Er würde von nun an das Leben eines Einzelgängers führen, weit weg von der Stadt mit ihren Schulen, Kirchen und Evas.

»Einsam und frei wie ein Baum...«

In der Nacht wachte er auf. Da war ein Geräusch ganz in der Nähe, das sich von allen vertrauten Nachtgeräuschen unterschied. Christian brauchte eine Weile bis er wußte, wo er war. Er sah nach draußen. Der Mond war aufgegangen und beschien den Weg und den Teich. Eine Wolke schob sich vor den Mond, und alles war in fahles Licht getaucht. Sie ging vorbei, und die Beleuchtung war wieder in Ordnung. Dann kam eine neue und wieder das Geräusch. Da sah Christian das Tier, ganz nah.

Die Ratte!

Jetzt war sie wieder da, kam direkt auf ihn zu, zum Beißen nah. Er riß das Messer aus der Erde, und mit einem
Schrei stürzte er sich auf die Angreiferin.

Der Mond befreite sich von der Wolke. Da sah Christian,
was er angerichtet hatte. Vor ihm lag ein Igel. Durchstochen
von seinem Finnmesser. Er nahm das Messer, schleuderte es
in den Wald, rollte sich zurück in die Höhle und weinte
hemmungslos.

Irgendwann war er doch eingeschlafen. Als er wieder
aufwachte, schien die Sonne. Vor der Höhle lag der tote
Igel. Ameisen hatten sich über ihn hergemacht. Christian
kroch an ihm vorbei ins Freie. Sein Messer fand er am Fuß
einer Buche, die Klinge schwarz von getrocknetem Blut. Er
nahm es auf, stach, hackte und grub ein Loch in den Wald-
boden, ein Grab für das Tier. Bei der Arbeit wurde die Klinge wieder sauber. Er nahm den Igel, bettete ihn in die Grube, bedeckte ihn mit Tannenzweigen und Buchenlaub und
schob Erde drüber.

Nach dem Begräbnis setzte er sich vor den Höhlenein-
gang und schloß die Augen. Er hatte getötet. Das war
schlimmer, als von einer Frau verlassen zu werden. Diesen
Geschmack des Todes würde er sein Leben lang auf der
Zunge behalten. Und zugleich erfüllte der ihn mit einem bit-
teren Stolz. - Stolz worauf? Er konnte es nicht sagen, stand
auf, packte seine Sachen zusammen und fuhr zurück nach
Haus. Niemand erfuhr, was gewesen war.

Es klopfte an der Tür. Julia. Sie stellte ihren Koffer ab, kam
zu Christian ans Bett, beugte sich über ihn, nahm seine stop-
peligen Wangen in die Hände, küßte ihn auf die Stirn. »Du
machst Sachen«, sagte sie.

»Und du hast kalte Hände.«

Er sah ihr zu, wie sie den Mantel auszog, auf den Haken
am Schrank hängte; und er spürte eine Welle von Gebor-
genheit über sich hingehen.

»Wie schön, daß du da bist!«

Sie setzte sich zu ihm ans Bett.

»Und wie fühlst du dich?«

Christian lächelte.

»Mein Tag war heiter, ruhig meine Nacht...«

»Ach du, immer mit deinem Heine«, sagte Julia.

5

In dem Buch steckte ein Stück Leder, acht Zentimeter lang, sechs breit. Er hatte oft nachgemessen. Das Buch lag auf Christians Nachttisch, und das Lederstück war sein Lesezeichen. Er zog es heraus, hielt es in der Hand. Die Schrift darauf kaum noch zu entziffern: »Lewi Samuel Inc...«

Das saß einmal auf seiner Hose, links hinten unter der Gürtelschlaufe. Seine ersten Jeans. Da hießen die noch Nietenhosen. In seiner Klasse hatte bis dahin nur Olaf so etwas getragen. Dessen Schwester war verlobt mit einem GI in Ramstein. Christians Jeans kamen aus Frankfurt. Absender ein amerikanisches Bekleidungsgeschäft. Dabei ein Zettel mit Marions Handschrift: »Ein Federkleid für den Vogel!«

Das Paket kam vier Tage nach ihrer Abreise. In Frankfurt hatte sie drei Stunden Aufenthalt, bevor sie nach Südafrika zurückflog.

Die Hose war ungewohnt eng gewesen nach den weiten Manchesterhosen, die er damals trug, ihr Stoff schwer und fest. Christian war kaum hineingekommen, hatte Mühe gehabt, die Knie zu beugen. Zu lang war sie auch. Doch das Angebot der Mutter, sie zu kürzen, lehnte er ab. Er schlug sie unten um. Genau wie Olaf. »Das trägt man so in den Staaten«. Olaf kannte sich aus.

Begonnen hatte Christians Eintritt in das Zeitalter der genieteten Hosen mit einer Beerdigung. Die Großmutter war gestorben, die Mutter seiner zweiten Mutter. Aufrecht in ihrem Lehnstuhl vor dem neuen Fernsehapparat - auf dem stand das Bild ihres Mannes in feldgrau - war sie einem Herzanfall erlegen.

Christians Trauer hielt sich in Grenzen. Er hatte sie nicht gemocht. Und sie hatte ihm nie verziehen, daß er nur ein »angeheirateter« Enkel war, hatte von ihren »Enkelchen in Südafrika« geschwärmt, den beiden Söhnen ihrer Tochter Marion. Das Enkelchen-Foto stand ebenfalls auf dem Fernseher, vor dem sie starb.

Marion kam zur Beerdigung. Christian hatte sie bisher nur einmal gesehen. Das war vor sieben Jahren, als seine Eltern heirateten. Deutlicher als an sie erinnerte er sich an den damaligen Kleider-Streit mit seinem Vater. Christian hatte den

Matrosenanzug tragen müssen, zum letzten Mal. Zur Hochzeit war Marion, sichtbar schwanger, mit ihrem Mann gekommen, einem fröhlichen, rotgesichtigen Menschen, der eine Art Holländisch sprach. Christian durfte ihn »Pieter« nennen.

Nach dem Abitur hatte Marion Ärztin werden wollen. Aber der Wunsch war an den Nachkriegsverhältnissen gescheitert. So wurde sie Krankenschwester in einer Düsseldorfer Klinik. Und dort erfuhr sie von einem Angebot aus Südafrika, das jungen deutschen Krankenschwestern Arbeit unter Bedingungen versprach, von denen sie hierzulande nur träumen konnten. Zusammen mit einer Freundin verließ sie Deutschland, arbeitete in einem Krankenhaus in Durban. Doch bald schon wurde der andere Grund dieser Anwerbung deutlich. Es ging um weißen Nachwuchs für den Apartheidstaat. Und damit die jungen Frauen nicht plötzlich, vom Heimweh übermannt, eine Kurzschlußhandlung begehen und nach Hause zurückfliegen konnten, hatte man vorsorglich ihre Pässe einbehalten.

Im übrigen war es gut zu leben in dem schönen Land am Indischen Ozean. Die beiden Frauen hatten eine gemeinsame Wohnung und gute Arbeitsbedingungen. Zusammen mit den anderen in Durban arbeitenden deutschen Krankenschwestern waren sie oft zu Gast auf Parties, die sich in der Regel durch einen Überschuß an hochsemestrigem männlichem akademischem Nachwuchs auszeichneten.

Die Studenten luden sie auch an Wochenenden in ihre Familien ein. Die Eltern der jungen Männer begegneten ihnen und ihrem Herkunftsland aufgeschlossen und freundlich. Und doch hatten sie häufig den Eindruck, vorgeführt zu werden.

»Es fehlte nur, daß seine Mutter mir wie einem Pferd in den Mund geguckt hätte, um zu kontrollieren, ob meine Zähne noch alle drin sind«, amüsierte sich Marions Freundin nach einem solchen Wochenende.

Als Pieter Brouwer, junger Jurist, Marion einen Heiratsantrag machte, und ihre Freundin sich zur gleichen Zeit in Durban verlobte, sagte sie Ja. Was sollte sie im kaputten Deutschland! Sie heiratete in das bequeme Leben der oberen Mittelklasse, war bald schwanger und schenkte ihrem

Mann und dem südafrikanischen Staat nacheinander zwei reinrassige Söhne, Gordon und Ben, die auch noch blond waren. Danach beschloß sie, etwas für sich selbst zu tun, begann Psychologie und Völkerkunde zu studieren.

Nun war sie zur Beerdigung ihrer Mutter nach Deutschland gekommen. Und bevor sie wieder zurückflog, blieb sie noch ein paar Tage bei ihrer Schwester.

Marion war Zweiunddreißig, genau doppelt so alt wie Christian, und er, der sie vor sieben Jahren kaum zur Kenntnis genommen hatte, war herzbetört von ihrer Erscheinung. Vor ihm stand eine ganz fertige Frau, eine Frau, die alles wußte, die dabei aber ihre Jugend noch nicht abgelegt hatte. Er mochte sie immer nur ansehen. Marion war offenbar auch von ihm beeindruckt.

»Ein richtiger junger Mann bist du geworden. Zuletzt warst du noch ein Kind, und jetzt muß ich zu dir aufsehen. Dreh dich mal um, junger Mann, daß ich dich besser sehen kann.«

Sie wohnte in der Kammer hinter Christians Zimmer. Er schleppte ihren Koffer nach oben und zeigte ihr, wo sie schlafen würde. Dann standen sie in seinem Raum, und als Marion sich interessiert umsah, wurde er sich plötzlich der Unordnung darin bewußt. Er entschuldigte sich, aber sie sagte: »Unordnung? Ich nenne das Atmosphäre.«

An diesem Abend ging Christian frühzeitig nach oben, die Mathematikaufgaben seien noch nicht fertig. Er setzte sich an seinen Tisch, kam aber nicht zum Arbeiten. Immer mußte er ihre Kammertür ansehen, als ob dahinter ein Geheimnis zu entdecken wäre. Schließlich stand er auf, horchte zur Treppe hin, öffnete dann behutsam die Tür, machte Licht. Marions Koffer stand offen auf der Kommode. Sie hatte das Deckbett zurückgeschlagen und ihr Nachthemd aufs Bett gelegt, ein Nachthemd, wie er es noch nie gesehen hatte, gelb mit kleinen, stoffbezogenen Knöpfen bis ganz nach unten. Mit Daumen- und Zeigefingerspitzen faßte er den Stoff an. Er erschauerte. Ein richtiges Frauennachthemd, ganz luftig und ganz weich.

Leise verließ er das Zimmer, legte sich ins Bett, hörte Radio, starrte die Lichtkringel an, die die Straßenbeleuchtung unter die Decke warf. So lag er, als sie nach oben kam. Sie setzte sich zu ihm.

»Wenn es dir nichts ausmacht, lasse ich unsere Tür angelehnt. Ich schlafe nicht gut, wenn alles zu ist, und hier sind ja auch nur wir beiden.«

»Das macht mir nichts aus«, sagte Christian. »Aber wenn ich morgen aufstehe, wirst du vielleicht wach.«

»Dann kannst du die Tür ja zumachen«, sagte sie, »aber leise.« Sie beugte sich vor, küßte ihn auf die Stirn, und er roch ihr Parfüm.

»Schlaf gut«, sagte sie. »Und wenn du nicht schlafen kannst, ich bin auch noch eine Weile wach.«

Sie ging nach nebenan, und er konnte hören, wie sie sich auszog, wie sie die Deckenlampe ausschaltete, wie das Bett leise knarrte, als sie sich hinlegte. Dann war es ganz still. Christian hielt den Atem an, um kein Geräusch zu verpassen. Die Nachttischlampe, das sah er unter der angelehnten Tür, brannte noch.

Jetzt nach nebenan gehen, ansehen, wie sie da lag - oder neben ihr liegen, einfach so? Nichts auf der Welt war leichter. Nichts auf der Welt war schwieriger.

Für was für einen würde sie ihn halten? Für einen Unhold, einen, der Frauen im Schlaf überfällt. Ihrer Schwester würde sie berichten, was er in Wirklichkeit für einer sei.

»Christian, bist du nach wach?« Er schrak zusammen. Konnte sie Gedanken lesen? Das Herz schlug ihm im Halse. Und noch einmal: »Bist du noch wach?«

»Ja.«

»Komm doch mal her, ich zeige dir etwas.«

Leise stand er auf und ging hinüber.

»Mach die Tür zu«, sagte sie, »diese Vorstellung ist nur für dich.«

Sie lag in dem alten Bett mit den Messingknöpfen, war zugedeckt und sah im milden Licht der Nachttischlampe schön aus. »Setz dich!«

Gehorsam setzte er sich auf die Bettkante. Sie sah ihn an, ein bißchen spöttisch und mit einem Ausdruck im Gesicht, als ob sie etwas von ihm herausbekommen wollte. Christian spürte die Kälte des Fußbodens an seinen nackten Sohlen. Er stellte den linken auf den rechten Fuß, zog die Knie hoch.

»Ist dir kalt? Komm, leg dich zu mir.« Das Ungeheure sagte sie so nebenhin, als ob es das Normalste der Welt wäre.

Sie klappte das Deckbett zur Seite, und Christian legte sich neben sie, sein gestreifter Schlafanzug auf ganzer Länge in direkter Tuchfühlung mit dem Nachthemd, das er eben noch kaum anzutasten gewagt hatte. Sie rubbelte seine kalten Sohlen mit ihren warmen Füßen, und er spürte ihre Beine bis oben hin.

Nun war tatsächlich das geschehen, was völlig ausgeschlossen war. Er lag da, stocksteif, begann aber ihre Wärme zu spüren. Sein linker Arm lag zwischen ihren Körpern, Handrücken an der schönen Hüfte der schönen Frau. Sein rechter auf der Bettdecke. Da war es kalt und ereignislos.

»Komm, fühl mal«, sagte sie und zog seinen kalten Arm zu sich unter die Decke. Christian erschrak. In seinen klammen Fingern, nur durch den dünnen Stoff ihres Nachthemds geschützt, hielt er eine feuerheiße Frauenbrust. Er wagte nicht, sich zu bewegen.

»Gott bist du kalt!« Sie begann ihr Nachthemd aufzuknöpfen und schob seine Hand darunter. Nun lag die am selben Ort wie eben, aber schutzlos diesem Frauenkörper ausgeliefert. Christian schluckte. Er dachte an Flucht. Aber mit Flucht war da nichts. Sie hielt ihn fest in ihrem Arm.

»Spürst du das?« - Er spürte es tatsächlich. Ihre Brustwarze richtete sich auf, wurde hart in seiner Hand. Und immer noch lag er neben ihr, angespannt, als müsse er aufspringen, die drohende Gefahr von sich abwenden. Und zugleich - und das erfüllte ihn mit Scham: sein Penis türmte, richtete sich auf in seiner Schlafanzughose, wurde steif, schmerzhaft steif, unanständig steif. Die Frau aber weiter oben hatte davon offenbar keine Ahnung. Sie knüpfte an ihrem Nachthemd immer weiter nach unten und sagte:

»Du darfst mich überall anfassen.«

Er aber mochte auf das Angebot nicht eingehen, klammerte sich an ihrer Brust fest, als sei sie der letzte Anker in dem tosenden Meer von Gefühlen und Körpern, das über ihn hinbrandete.

»Nicht so fest! Du tust mir weh.«

Seine Hand wurde schlaff wie ein Blatt. Sie nahm sie vorsorglich in ihre und führte sie sanft über ihren Körper, immer weiter nach unten.

»Da, mein Bauchnabel«, kicherte sie. »Steck den Finger rein, das kitzelt.«

Als er auf ihre Haare stieß, zuckte er zurück, als habe er in Stacheldraht gegriffen. Haare, Drahthaare. Sie bewachten den Eingang zu allem, wovor die Traktate der Mutter ihn immer gewarnt hatten und wovon sie sich auf dem Schulhof die schlimmsten Sachen erzählten. Der Frontbericht von Onkel Wolfgang schoß ihm durch den Kopf, wie der damals beim Angriff im Drahtverhau stecken geblieben war und sein Bein verloren hatte. Aber Marion unterband alle Fluchttendenzen. Sie hielt seine Hand fest auf dem gefahrbringenden Areal und redete ihm beruhigend zu, bis seine Hand dort unten nur noch Haare spürte, nichts, was ihm Verderben bringen konnte.

Und dann das Ungeheuerliche. Sie ließ ab von seiner Hand, griff nach ihm selbst. Christian bekam das Zittern, als sie ihn aus seiner Schlafanzughose pellte. Sie hob die Bettdecke und sah ihn an. Da stand er und ragte in den Himmel. Doch statt Christian der Unanständigkeit zu schimpfen, flüsterte sie ihm ins Ohr:

»Wie schön du bist, mein Vogel!«

Und daran konnte er sich nur noch wie durch einen Nebel erinnern, wie er dann auf und zwischen sie zu liegen gekommen war, und wie er fühlte, daß dieses Glied, das ihm immer im Wege stand, das sich aufmachte, wenn Christian es nicht wollte, sich morgens schmerzhaft in der Schlafanzughose verhedderte, das ihm ein ständig schlechtes Gewissen verursachte wegen seiner Träume und seines Charakters, daß dieses Glied hier seinen Ort gefunden hatte.

Und dann war auch schon alles zu Ende. Sein Penis welkte und ließ Christian in einer sonderbar schönen Traurigkeit zurück. Er hätte jetzt gerne geweint, ließ es aber bei einem tiefen Seufzer.

Als es dämmerte, weckte sie ihn auf, schickte ihn in sein Zimmer.

»Niemand soll wissen, wo wir heute Nacht gewesen sind. Sonst wäre alles gleich zu Ende, und wir haben doch gerade erst angefangen.«

Die Schule war öde, und Christian hatte Herzklopfen als er nach Hause kam. Marion aber tat so, als sei es eine Nacht wie jede andere gewesen, fragte ihn beim Mittagessen im schönsten Krankenschwestern-Jargon:

»Nun, haben wir gut geschlafen, oder haben wir uns heute Nacht gestört gefühlt?«

Christian sah sie verwirrt an und stotterte: »Ja - das heißt Nein.«

»Ja was denn?« ging sein Vater dazwischen. »Deine Tante hat dich was gefragt.«

Da mußte Christian lachen, und er antwortete: »Ja, liebe Tante Oberschwester, wir haben gut geschlafen. Und wir haben uns durchaus nicht gestört gefühlt. Im Gegenteil!«

»Was soll denn das nun wieder heißen?« fragte der Vater.

»Im Gegenteil heißt: im Gegenteil«, wurde er von Christian belehrt.

»Hast du Lust, mit mir spazieren zu gehen?« fragte Marion.

Sie gingen durch die Gärten, am Mühlbach entlang, beim Sägewerk über das Wehr und dann flußaufwärts. Christian zeigte Marion, wo es in der Böschung gegenüber Wasserratten gab.

»Hast du sie gesehen?«

»Ich bin mal von einer gebissen worden«, sagte Christian. Er zeigte ihr die weißen Narben am Mittel- und am Ringfinger. »Aber das war keine Wasserratte.«

Sie kamen zu der Stelle, wo man durch den Fluß waten kann. Und dann war da das Schilfgebiet, vom Fluß durch einen Damm und einen Graben mit dunkelbraunem Wasser getrennt. Innen drin die große Weide.

»Da kann man rein«, sagte Christian. »Du mußt hier über den Graben und sofort drei große Schritte machen, sonst bleibst du im Sumpf stecken. Dann beginnt der Weg, ein ganz schmaler Trampelpfad, den kannst du von hier aus nicht sehen. Der führt zu einer Insel mittendrin im Schilf, wo die Weide steht. Da kannst du dich tagelang verstecken, da sucht dich kein Mensch.«

»Du springst zuerst«, sagte Marion.

»Heute nicht. Auf der Insel brütet eine Ente. Die Kleinen sind kurz vor dem Ausschlüpfen.«

Doch als sie weiter gingen, an die Biegung des Flusses kamen, hielt Christian Marion am Arm zurück.

»Sieh mal!«

Die Ente hatte ausgebrütet, mit ihrem Nachwuchs Nest und Schilfinsel verlassen und sich aufs Wasser gewagt. Sie schwamm gegen den langsam stömenden Fluß an, und fünf winzige schwarze Entenküken strampelten in einer Reihe hinter ihr her. Das sah rührend aus und komisch, wie sie da die Mutter nachmachten und sich ungeheuer anstrengen mußten dabei.

Marion und Christian setzen sich ins Gras auf die Böschung und sahen ihnen zu. Die Ente kümmerte sich nicht um sie.

»Du, sag mal«, fragte Marion, »wie nennt ihr das, wenn du mit anderen Jungen darüber sprichst?«

»Worüber?«

»Darüber.«

»Du meinst - ficken?«

Marion nickte.

»Also«, fing Christian zögernd an, »nageln, orgeln, baggern, stopfen...«

»Sagt ihr nie: vögeln?«

»Doch, auch.«

»Ich finde, das ist das einzig passende Wort. Vögeln ist wie fliegen, gemeinsam fliegen. Wenn es das nicht ist, ist es nichts weiter als ficken. Träumst du manchmal vom Fliegen?«

»Nein, nie.«

Marion sah wieder zu den strampelnden Entenküken.

»Hast du so ein Küken mal in der Hand gehabt?«

Christian erzählte von den kleinen Käuzchen auf dem Kirchenboden. Jedes Jahr stürzten einige von ihnen ab bei ihren ersten Flugversuchen. Die hockten dann auf dem Kirchplatz, auf der Straße, in den Vorgärten. Und Martin und er zogen los um sie zu retten vor Katzen, steinewerfenden Jungen und dem Überfahren-Werden. Einmal hatten sie eins aus dem Schlachterladen herausholen müssen.

»Die sitzen dann da, aufgeplustert wie Erwachsene. Wenn du nach ihnen greifst, hackten sie dir in den Finger. Aber das tut nicht sehr weh. Und dann faßt du vorsichtig immer tiefer durch Federn und Flaum. Schließlich hast du einen ganz kleinen Körper in der Hand, und du spürst das Herz, das pumpert heftig.

Wir bringen die kleinen Eulen zurück auf den Boden über dem Kirchengewölbe und lassen sie dort laufen. Zuerst trippeln sie ein paar Meter weg, dann sehen sich nach dir um. Die können den Kopf auf dem Körper ganz nach hinten drehen. Und wenn sie einen dann ansehen, so mißbilligend, aus uralten, grauen Augen, dann weiß ich nicht, ob ich lachen oder weinen soll.«

»So etwas würde ich auch gerne mal erleben«, sagte Marion. »Aber jetzt will ich deine Insel im Schilfmeer besuchen. Die Ente stören wir ja nun nicht mehr.«

Sie stand auf, und sie gingen zum Graben.

»Springen und dann drei große Schritte«, sagte Christian, »ich mache es dir vor.«

Sie kamen tatsächlich beide auf die andere Seite, nur daß Marions linker Schuh im Morast stecken blieb. Christian holte ihn wieder heraus, wischte ihn mit Schilfblättern sauber. Sie gingen hintereinander den schmalen Weg durch das Schilf. Das schloß sich über ihnen zusammen wie ein Dach.

Die Insel am Fuß der Weide, ein kleiner trockener Platz, ringsum hohe, wehende Halme, die mit ihrem Rascheln und Wispern und Säuseln alle Geräusche der Welt ausschlossen. Hoch oben im Himmelsblau ein Flugzeug, Richtung Düsseldorf. Hinter dem Baum bog Christian das Schilf auseinander und zeigte Marion das Entennest. An seinem Rand aufgebrochene Eierschalen.

»Eine einsame Insel!« Marion umarmte Christian und küßte ihn. »Und wir sind die einzigen Menschen im unendlichen Schilfmeer. Kaum ein Vogel, der uns Nachricht aus der anderen Welt bringt.«

»Wollen wir vögeln?« flüsterte Christian.

In der Nacht konnte Christian tatsächlich fliegen. Wieder mit den Pfadfindern auf »Nordlandfahrt«, stand er am Rand des Prekestol bei Stavanger. 600 Meter unter ihm der Lysefjord. Ein winziges Schiff zog eine weiße Furche durch das dunkelgrüne Wasser. Christian stand hart am Abgrund und hatte überhaupt keine Angst. Er wippte mit den Knien, stieß sich leicht von der Felskante ab, breitete die Arme aus. Seine Arme trugen ihn, mit den Füßen steuerte er. Er blieb lange in der Luft, flog, schwebte, segelte, glitt über den Fjord und setzte schließlich wie eine Ente auf dem Wasser auf. Es war ein ungeheures Erlebnis.

Marions letzter Abend. Christian verabschiedete sich von ihr nach allen Regeln, die ein Abschied von Neffe und Tante vorsieht. Morgen, wenn Christian aus der Schule käme, würde sie im Zug nach Frankfurt sitzen, dort eine Boeing der KLM besteigen und zurückfliegen an das andere Ende der Welt. Sie fragte, ob Christian ihr schreiben würde. Er würde. Dann ging er ins Bett, denn die Erwachsenen wollten noch ihren Erwachsenenabschied. Christians Vater hatte extra einen »lieblichen Mosel« kaltgestellt.

Als Marion nach oben kam, lag Christian hellwach, nackt und erkenntnisbereit in seinem Bett, zugedeckt bis unters Kinn, denn er fürchtete, die Mutter würde die Tante zum Abschied zur Kammertür geleiten. Seine Befürchtung war berechtigt. Die Mutter warf einen Blick auf den tief schlafenden Sohn und wünschte der Schwester eine gute letzte Nacht in ihrem Hause.

Christian hörte tausend Türen klappen: Marions Tür, seine Zimmertür, die vom Flur, vom Bad, vom Klo und von den Eltern. Als er die Augen wieder aufmachte, stand Marion vor seinem Bett.

»Komm, mein Vogel«, sagte sie und ging in die Kammer. Er hüpfte hinter ihr her.

Marion kam über ihn wie der Himmel über das Land, nahm ihn auf wie die Mutter Erde ihren heimgekehrten Sohn. Christians Penis jubilierte und trauerte. Sie flogen über die Wolken und stürzten ab, tauchten ins Meer und gingen unter, retteten sich auf ein Floß, das ihr Bett war.

Dann lagen sie stumm nebeneinander, hörten den Schlag der Kirchturmuhr alle Viertelstunde.

»Hast du schon einmal den Tod geschmeckt?« fragte Christian.

»Ich habe Leute sterben sehen.«

»Und wie hat das geschmeckt?«

»Das hatte keinen Geschmack.«

»Mein Tod schmeckt nach Messing.«

»Spinner!«

»Du glaubst mir nicht?«

»Miteinander schlafen nennt man auch den ›kleinen Tod‹. ›La petite mort‹, sagen die Franzosen. Schmeckt der etwa auch nach Messing?«

»Der schmeckt nur nach dir.«

»Er wird schon noch den Geschmack von anderen Frauen annehmen,« sagte Marion.

»Sie haben geklingelt?« Schwester Inge stand in der Tür.

»Nein«, sagte Christian, »aber schön, Sie zu sehen. Würden Sie mir bitte das Kissen aufschütteln?«

»Ein interessantes Lesezeichen haben Sie da auf Ihrem Buch liegen«, sagte sie, als er sich wieder zurückgelehnt hatte.

»Das habe ich einmal von einer Krankenschwester bekommen«, antwortete er, »aber da war sie schon keine mehr.«

6

Die Portaltür hinter ihm fiel ins Schloß und sperrte den Verkehrslärm aus. Christian stand in dem engen Vorraum der Kirche. Den Schritt in die Kirche selbst zögerte er hinaus. Jedesmal. Stellte sich vor, was ihn erwartete. Dämmrige Halle? Weihrauchduft?

Er las die Plakate an der Holzwand vor sich. Spendenaufruf für Adveniat, Ankündigung einer Wallfahrt nach Lourdes, Orgelkonzert am Mittwochabend. Die Pendeltür brauchte einen neuen Anstrich. Er drückte dagegen, nahm Witterung auf. Dämmrige Halle? Ja. Weihrauchduft? Nein.

Geradeaus ein großer Barockaltar. An den Seitenwänden Heiligenfiguren. Sankt Sebastian sah ihn von oben herab an.

»Was ihr gestern bei der Prügelei mit der Polizei abgekriegt habt, ist ja wohl kaum der Rede wert«, sagte er, »sieh mich an.«

Christian sah ihn an und fand, daß er schrecklich zugerichtet war mit den abgebrochenen Pfeilen in seinem Körper.

»Ich habe gestern gar nichts abgekriegt«, sagte er, »ich bin gleich weggelaufen.«

Er ging das Seitenschiff entlang, hielt Ausschau nach dem Lichtermeer vor dem Marienaltar. Von einem Lichtermeer konnte so recht nicht die Rede sein. Es waren nur ein halbes Dutzend Kerzen, die da brannten. Es war auch noch Vormittag.

Der flache Eisenkasten mit den aufrecht stehenden Dornen für die Kerzen erinnerte ihn an einen Gletscher, gebildet aus ehemals flüssigem Wachs und Gebeten, dann erkaltet und hart geworden. Und mit ihm die Hoffnungen und Wünsche, die Bitten und Versprechungen derer, die hier ihre Kerze geopfert und zu der Madonna gebetet hatten.

Christian zündete eine neue an einer alten Kerze an und steckte sie auf eine der Spitzen. Nun waren es sieben. Und er war allein mit Maria. Doch als er aufsah, seine Augen sich an das Dämmerlicht gewöhnt hatten, entdeckte er, daß sie durchaus nicht allein waren. Maria war umringt von spätmittelalterlichen Menschen. Unter ihnen, zwischen einem Krieger und einer Marktfrau, ein junger Mann, der mit einem Anflug von Melancholie zu ihm herunterblickte. So wie der hätte Christian auch gerne ausgesehen, wenn er morgens im Studentenwohnheim vor dem Spiegel stand und angeekelt an seinen Pickeln herumpolkte.

Um alle diese Menschen hatte Maria ihren schützenden blauen Mantel gelegt. Der wurde am Hals von einer Spange zusammengehalten. Seine Innenseite war grün wie das Wasser in Christians Träumen, ihr Kleid, rot wie die rote Erde, geschmückt mit goldenen Ähren.

Christian stand vor dem Altar und sah zu der schönen Frau auf. »Ich habe dich erwartet«, sagte Maria.

»Und ich komme zu dir wo immer ich wohne«, sagte Christian.

»Und was machst du in Berlin?«

»Vorher war ich in Hamburg. Auch da habe ich studiert, Theologie und Germanistik.«

»Aber eigentlich hast du was anderes zu tun?«

»Das Studium bringt mir nichts«, sagte Christian. »Während ich in der Vorlesung sitze und Erkenntnisse sammele über die Theologie des Ersten Petrusbriefes oder die Merseburger Zaubersprüche, bomben die Amerikaner Vietnam zusammen. Wenn ich auf die Straße gehe und gegen die amerikanische Machtpolitik demonstriere, werde ich ganz schnell darüber belehrt, was los ist in unserer Gesellschaft und was nicht so sein sollte, wie es ist.«

»Du hast recht«, sagte die Madonna. »Wer nicht in den Fluß hineinsteigt, wird nie erfahren, wie es ist, gegen den Strom zu schwimmen.«

»Ich bin aber wasserscheu«, erklärte Christian. »Ich kann es nicht ausstehen, von Wasserwerfern angeduscht und umgeworfen, als ›Krawallmacher‹ beschimpft, als ›Element‹ und ›Subjekt‹ angespuckt und verprügelt zu werden.«

»Wo, mein Junge, steht geschrieben, daß Erkenntnisgewinn ohne schmerzhafte Prozesse zu haben ist?«

Christian schwieg.

»In der Auseinandersetzung mit sozialen Erscheinungen wird es immer wieder Tendenzen geben, deren Ursprung und deren Ziel nur der einigermaßen entschlüsseln kann, der auf sie setzt.«

»Du sprichst wie Herbert Marcuse«, sagte Christian.

»Das war ein Zitat von Peter Brückner.«

»Und warum erzählst augerechnet du mir das?«

»Erinnerst du dich an das Lied von der Bewegung gegen etablierte Mächte und zementierte Verhältnisse?«

»Das Magnificat?«

»Ich bin die Mutter der Bewegung«, sagte Maria.

»Habt ihr Ende der Sechziger die Uni überhaupt von innen gesehen?« fragte Julia.

»Aber ja«, antwortete Christian, »wir mußten ja irgendwo zusammenkommen, um zu diskutieren, wie es weiter geht.«

»Runde Tische?«

»Teach-ins.«

»Und dann habt ihr die Welt aus den Angeln gehoben, betreten-verbotenen Rasen betreten, Vietnam befreit, den Staat und seine Hochschule verunsichert, euch mit der Arbeiterklasse verbündet und mit der Polizei Katze und Maus gespielt. Und was ist dabei herausgekommen?«

»Du bist dabei herausgekommen.«

»Ich war ja wohl nicht beabsichtigt«, sagte Julia. »Nur hast du die Verbindung mit der Arbeiterklasse zu persönlich genommen.«

Christian lachte.

»Für mich ist das das beste an der Studentenbewegung gewesen. Eine Tochter. - Wie geht es Rosa?«

»Mutter geht es gut. Sie läßt dich grüßen.«

Christian griff zu der Halteschlaufe über seinem Bett.

»Soll ich dir das Kopfkissen richten?« fragte Julia.

»Laß nur, es ist gut so.«

»Was ich dich immer noch fragen wollte«, begann Julia

wieder. »Da ist in der Zeit doch irgendetwas gewesen mit Ratten und einem großen Essen.«

»Ach das! Das war in Hamburg, ich war noch bei der ESG.«

»ESG?«

»Evangelische Studentengemeinde. - Es ging um Biafra.«

»Biafra?«

»Biafra in Westafrika. - Wie es anfing weiß ich nicht mehr. Es ging wohl auch um Öl. Die Texaco soll ihre Finger mit im Spiel gehabt haben. Wenigstens hatte sich Biafra von Nigeria abgespalten. Und die nigerianische Zentralregierung, unterstützt durch Großbritannien und die Sowjetunion, antwortete darauf mit Blockade und Krieg. Die Bilder von verhungernden Westafrikanern haben uns sehr erschüttert.

Und da gab es dieses weihnachtliche Bankett im nigerianischen Generalkonsulat. Ein öffentlichkeitswirksames Friede-Freude-Eierkuchen-Essen. Und gerade zur Weihnachtszeit. Eingeladen waren ausgesuchte Leute aus gesellschaftlich relevanten Bereichen. Wir hatten, was weiß ich woher, vier Eintrittskarten ergattert. Und Susanne, Ina, Martin und ich bekamen den ehrenvollen Auftrag teilzunehmen.

Susanne hatte aus dem Zoologischen Institut Ratten besorgt, Versuchstiere, getötet und sauber ausgenommen, noch ziemlich frisch. Wir zogen unsere besten Sachen an, ich besaß noch meinen Abituranzug mit Fliege. Die Frauen packten ihre Tiere in die Handtaschen, wir in die Innentaschen der Jacken. Das beutelte, war ja aber nicht für lange.

Wir vier saßen gut plaziert an den verschiedenen Tischen, löffelten artig unsere Suppe, machten Konversation. Ganz die vorzeigefähigen Jungakademiker.

Nach den schönen Reden kam der Hauptgang, und es breitete sich eine friedliche, internationale Weihnachtsstimmung aus. Da sind wir plötzlich aufgesprungen. Susanne schrie - ihre Stimme war schrill und überschlug sich vor Aufregung: ›Wir haben unsere Weihnachtsgans, Biafra seine Ratten!‹

Wir haben unsere Ratten herausgeholt, im hohen Bogen auf die festlich gedeckten Tische geworfen und sind raus. Im Flur stand unser Studentenpfarrer. Und als kurz nach uns die nigerianischen Zivilbullen aus dem Saal gestürmt kamen, hat er sie in die falsche Richtung gelenkt. So ist uns nichts passiert.

Hinterher schickte das Landeskirchenamt einen Kassenprüfer, nachsehen, ob die Ratten aus Kirchensteuermitteln angeschafft worden waren. Doch die Prüfung ergab eine einwandfreie Geschäftsführung. Die Ratten waren privat bezahlt.«

Christian hatte Mühe, mit seiner Geschichte zu Ende zu kommen.

»Ich muß ein bißchen ausruhen«, sagte er und schloß die Augen. Da war er schon eingeschlafen.

Julia sah ihn an. Sein ausgemergeltes Gesicht. Bart und Haare ganz weiß, kein bißchen grau war mehr dazwischen. Auf seinen Händen, die nebeneinander auf der Decke lagen, traten die Adern blau heraus wie bei ganz alten Leuten. Sie stand auf, stellte den Stuhl zurück, zog ihre Jacke an.

»Schlaf, kranker Vater«, sagte sie und küßte ihn auf die Stirn. »Morgen komme ich wieder.«

Als Christian aufwachte, war sie gegangen.

»Ich muß Julia fragen, ob Rosa die Parabellum noch hat«, murmelte er.

Schwester Inge kam mit dem Abendbrot. Er rührte das Essen nicht an, trank nur ein bißchen Tee, stellte die Tasse auf den Nachttisch, ließ sich zurückfallen, machte die Augen zu. Rosa trat ins Bild...

Fabriktor vor den Kabelwerken. Früher Morgen. Christian, Mütze mit rotem Stern, steht mit den Genossen von der Roten Zelle Germanistik vor dem Tor. Sie verteilen Flugblätter an die Arbeiter und Arbeiterinnen, die zur Schicht kommen. - Wenig Interesse: »Ach ihr schon wieder!« - »Nein danke, ich lese das hier«, hält die Bildzeitung hoch. - »Ihr solltet lieber arbeiten, statt hier rumzulungern.«

Eine junge Arbeiterin. Sie kommt direkt auf Christian zu. Lustige Augen, Spott in den Mundwinkeln.

»Junge, du frierst ja. Siehst ganz grau aus. Gib mal her, ich mache das schon.«

Und ehe er sich versieht, hat sie ihm die Flugblätter abgenommen, seine Mütze aufgesetzt:

»Extrablatt! Arbeiterzeitung! - Ihr nehmt jetzt jeder einen dieser Zettel, damit die Jungs ins Bett kommen. Das ist doch

keine Tageszeit für die. Hier nimm! Lesen und weitergeben!«
Gelächter. In ein paar Minuten hat sie seine Flugblätter unter die Leute gebracht, kommt zu ihm zurück.

»Siehst du, so macht man das.« Und: »Wenn du deine Mütze wieder haben willst, um zwei ist Schicht. Bis dahin
kannst du ausgeschlafen haben.«

Fabriktor vor den Kabelwerken. Zwei Uhr mittags. Christian - ohne Genossen, ohne Flugblätter, ohne Mütze - steht
vor dem Tor. Arbeiterinnen und Arbeiter gehen an ihm vorbei. Die Spätschicht rückt ein.

»Ihr seid, wie wir, ein graues Heer...« Das Lied von den
Wildgänsen aus der Pfadfinderzeit kommt ihm in den Sinn.
Nur zieht dieses Heer nicht »in Kaisers Namen« in die Fabrik.

Sirene. Die Frühschicht kommt heraus, müde Männer und
Frauen, die Arbeiterin vom morgen. Sie trägt seine Mütze
mit dem roten Stern, sieht ihn, winkt, schert aus aus ihrer
Gruppe. Anzügliche Rufe: »Rosa, mach den Kleinen nicht
fertig. Der ist vielleicht noch Jungfrau.«

Da weiß er schon einmal ihren Namen.

Sie stehen sich gegenüber. Christian hat ganz rote Ohren.

»Da drüben auf der Ecke ist eine Kneipe«, sagt sie. »Aber
nur auf ein Bier. Ich bin müde. Wie heißt du eigentlich?«

Seine Mütze behält sie.

Ihre erste gemeinsame Aktion endete, kaum begonnen,
auf der Polizeiwache. Zusammen mit drei anderen, die Christian nur vom Sehen kannte, bekam er einen Packen Flugblätter gegen den Vietnamkrieg zugeteilt und wurde zum
Leopoldplatz geschickt. Und weil es der 1. Mai war und
Rosa nicht arbeiten mußte, kam sie mit. Bislang war sie am
1.Mai in ihrem DKP-Block zur Kundgebung marschiert. Jetzt
mußten ihre Kollegen auf sie verzichten.

Am Leopoldplatz wurden sie schon erwartet. Zwei höf-
liche Polizisten - grüner Bus im Hintergrund - erkundigten
sich nach ihren Flugblättern, baten sie mitzukommen.

Und dann saßen die fünf in einem Aufenthaltsraum auf
der Polizeistation. Der Raum war hell, gut belüftet, sie konnten sich setzen, rauchen, wurden weder bedroht noch gar
angegriffen, nicht einmal weiter befragt.

Doch zur gleichen Zeit war vor dem Reichstag die große
Maikundgebung. Und die wurde per Lautsprecher in ihre
Zelle übertragen. So waren sie gezwungen, sich das alles

Wort für Wort anzuhören. Dabei erfuhren sie, daß »in Vietnam Berlin verteidigt« werde, und daß der Kommunismus die Wurzel alles Übels sei.

Nach »Brüder zur Sonne zur Freiheit« ließ man sie gehen. Unter Sprüchen wie: »Das ist Ideologie-Terror,« und: »Verarschen können wir uns selber«, verließen sie erhobenen Hauptes ihr Gefängnis. Es war das einzige Mal, daß Rosa und Christian gemeinsam hinter Gittern saßen.

Sie trafen sich, sooft es ging. Doch konnte Rosa, als Frau aus dem Proletariat, sich nicht so gut wie Christian an der permanenten Revolution beteiligen. Eigentlich nur in jeder dritten Woche, wenn sie Frühschicht hatte. Und dann abends nicht so lange, weil sie ja am nächsten Morgen um sechs wieder antreten mußte. Außerdem waren Entfernungen zu überwinden; sie wohnte im Berliner Norden, er im Studentendorf Schlachtensee.

An einem ihrer ersten Frühschicht-Abende führte Christian Rosa in das Allerheiligste ein. Das alte Haus am Kurfürstendamm, das noch einen Reichsadler an der Fassade hatte, beherbergte im dritten Stock den Sozialistischen Deutschen Studentenbund, SDS. Drei Räume. In einem wohnte ein Genosse von »Ton, Steine, Scherben« mit seiner Freundin. Der machte den Hausmeister. Hinten das Büro. Und dann war da das Berliner Zimmer, ein großes Berliner Zimmer. Rosa war beeindruckt von seiner Kargheit. Keine Plakate, keine revolutionären Sprüche, die Wände absolut weiß. In der Mitte des Raumes der berühmte SDS-Tisch, an dem die Generallinie entschieden, die Teach ins vorbereitet wurden. Um den Tisch herum zwei Stuhlreihen, Christian und Rosa in der zweiten.

An diesem Abend saßen etwa fünfunddreißig Genossen um den Tisch herum. Auch ein paar Frauen. Ein Mensch der ersten Reihe hielt ein Referat. Es ging um bürgerliche Geschichte und um revolutionäre Gewalt in den Metropolen. Ein Name fiel, über den man sich in Rosas DKP-Schulung nur kritisch geäußert hatte: Trotzki. Von Gramsci und Lukács hatte sie noch nie gehört.

Als der Vortrag zu Ende war, regten sich andere aus der ersten Reihe - ältere Leute, über dreißig - furchtbar auf. Vor allem vermißten sie bei dem referierenden Genossen die »richtige Linie«. Rosa sah Christian fragend an. Der flüsterte ihr zu: »Das ist die ›Keulenriege‹. Die schwingen immer die ›Keule der Wahrheit‹, und immer müssen sie wen entlarven.«

Und während er ihr ins Ohr flüsterte, roch er ihr Haar. Er atmete tief, fand sich ungeheuer privilegiert, zusammen mit dieser schönen Frau aus dem Proletariat die Revolution voranzutreiben.

Viel später, als er sich längst mit Staat und Kirche arrangiert hatte, geriet er in einem Buch von Marguerite Duras an den Satz: »*Wir sind Hoffnungskranke, wir, die von Achtundsechzig. Die Hoffnung ist die, die man in die Rolle des Proletariats setzt. Und nichts, kein Gesetz, nichts und niemand wird uns von dieser Hoffnung heilen...*« - Da atmete er plötzlich den Duft von Rosas Haar, und die Sehnsucht nach ihr und ihrem gemeinsamen Jahr überfiel ihn wie ein Schock.

Demonstration am Steinplatz. Die ist nicht genehmigt. Polizei fährt auf und jagt Demonstranten. Als Christian und Rosa zum Platz kommen, ist schon alles in Auflösung. Getreu der Devise: »Provokation entsteht, wenn man die Konfrontation unterläuft«, ziehen sie sich zurück. Ziel: Das Amerikahaus. Und während Polizei und Studenten am Steinplatz Räuber und Gendarm spielen, sammeln sich vor dem Amerikahaus knapp hundert Leute. Christian hat seine Fahne dabei. Oben ein rotes Dreieck, unten ein schwarzes, in der Diagonale zusammengenäht. So etwas haben im spanischen Bürgerkrieg Anarchisten getragen. Vor dem Amerikahaus wird sie entrollt. In Kaisers Kaffeegeschäft unter dem S-Bahnbogen hat jemand zwei Sechser-Kartons Eier gekauft. Hundert Leute, eine schwarz-rote und zwei rote Fahnen, zwölf Eier. Mehr sind sie an diesem Tag nicht gewesen.

Einer beginnt, die anderen fallen ein: Antiimperialistische Sprechchöre: »Ho Ho Ho Chi-minh!« - »USA SA SS! USA SA SS!« Schließlich kommt Lokales zur Sprache: »Brecht dem Schütz die Gräten! Alle Macht den Räten!«

Die Sprüche lösen hinter den Fenstern des Amerikahauses nachhaltiges Entsetzen und nervöse Telefonaktiviäten aus. Das Abendland ist in Gefahr einschließlich seiner Neuen Welt. Und weit und breit keine Polizei.

Christian hält in der rechten die Fahne, da schiebt ihm jemand ein Ei in die linke Hand. »Schmeißen oder weitergeben!«

Er gibt weiter an Rosa. Rosa mit dem Stern auf der Mütze tritt aus der Reihe, nimmt Anlauf. Das Ei klatscht gegen eine Fensterscheibe und läuft langsam daran herunter. Jubel, Gelächter. Und dann fliegen die anderen Eier von Kaisers gegen die imperialistische Fassade. Insgesamt neun. Zwei sind bei der Weitergabe herunter gefallen, eins in der Aufregung in Studentenhand zerdrückt worden.

(Am Tage drauf hat es geheißen, es seien Steine gewesen. Die Presse von Berlin bis New York war voll davon, das Bild der steinewerfenden Rosa in allen Zeitungen. Polizisten sollten verletzt worden sein.)

Plötzlich Sirenen. Mannschaftswagen stoppen, Polizisten springen heraus. Christian hat keine Zeit mehr, die Fahne einzurollen. Sie laufen so schnell sie können, sehen zu, daß sie beieinander bleiben. Sie sind schneller als ihre Verfolger. Da, zwei Wagen von vorn! Verwirrung unter den Demonstranten. Der große Haufe läuft nach rechts. Christian und Rosa lösen sich von den anderen, nach links. Christian kennt sich aus.

»Achtung, die Blonde und der Typ mit der Fahne!«

Christian sieht sich um. Drei Grüne mit Schlagstöcken hinter ihnen.

»In die Kirche!«

Er zieht Rosa mit sich. Die Tür knallt hinter ihnen zu. Der Schlüssel steckt. Rosa schließt zweimal um. Der Schlüssel ist so lang wie ihr Unterarm. Von außen wird an der Klinke gerüttelt.

»Sie haben die Tür blockiert. Wo wohnt der Küster?«

Bei allem Gekeuche müssen sie lachen. Für den Augenblick sind sie in Sicherheit. Sie verlassen den Vorraum. In der Kirche ist es ganz still. Christian hat Rosa an der Hand gefaßt. In der anderen hält er immer noch die Fahne. Sie gehen am heiligen Sebastian vorbei, stehen vor dem Marienaltar.

Und dann geschieht etwas, was Christian nicht für möglich gehalten hätte. Immer noch die Mütze mit dem Stern auf dem Kopf kniet Rosa vor der Madonna, faltet die Hände: »Maria breit' den Mantel aus, mach Schirm und Schutz für uns daraus; laß uns darunter sicher stehn, bis alle Stürm' vorübergehn. Patronin voller Güte uns allezeit behüte.«

»Bist du katholisch?« fragt er verblüfft.

»Ist das ein Fehler?«, fragt die Madonna.

»Gleich sind die Bullen da«, sagt Rosa.

»Unter meinem Mantel ist Platz für alle Bedrängten.«

»Und wie?«

»Über den Altar. Aber zieht die Schuhe aus.«

Sie ziehen ihre Schuhe aus und stellen sie ordentlich vor die Stufen. Christian hilft Rosa auf den Altartisch.

»Augenblick noch«, sagt die Maria. »Es gibt hier Regeln: Keine Waffen, keine Fahnen, keine Parolen. Was steht da auf der Rückseite von deinem Flugblatt?«

»Es rettet uns kein höh'res Wesen, kein Gott, kein Kaiser, kein Tribun,« sagt Christian. »Das ist aus einem Lied: Die Internationale.«

Maria kichert.

»Normalerweise werden hier andere Lieder gesungen. - Leg es dahin. Und wo wir schon dabei sind: Sprüche, in denen dazu aufgefordert wird, jemandem die Gräten zu brechen, will ich hier auch nicht hören.«

»Der rote Stern an meiner Mütze?«, fragt Rosa.

»Sterne finde ich schön«, antwortet die Madonna. »Und jetzt beeilt euch. Sie sind gleich da.«

Derart abgerüstet klettern die beiden über den Altar. Maria hebt den Mantel ein wenig. Sie kriechen darunter, mischen sich unter das Volk. Christian steht direkt neben dem melancholischen, jungen Mann aus Lindenholz. Sie sehen die drei Polizisten zögernd durch die Kirche kommen. Die stehen jetzt vor dem Altar.

»Eine Fahne und zwei Paar Schuhe.«

»Beschlagnahmt! Mitnehmen!«

»Auf dem Altar ein Flugblatt.«

»Denen ist wirklich nichts heilig«, sagt der Polizist und steckt es ein.

An diesem Abend kamen Christian und Rosa barfuß im Studentendorf an. Es war Rosas erster Besuch bei ihm. Sie sah sich in seinem Zimmer um, Bücher, Poster, Waschbecken, Tauchsieder, begutachtete ihr Gesicht im Spiegel, streckte ihrem Spiegelbild die Zunge heraus, setzte sich auf den Stuhl vor Christians Arbeitstisch, versuchte, die Füße hochzunehmen.

»Sehr bequem ist das hier nicht.«

»Du kannst dich aufs Bett legen«, sagte Christian. »Die

Schuhe brauchst du ja nicht mehr auszuziehen. Ich mache schnell einen Kaffee, habe aber nur einen Becher.«

Sie lagen nebeneinander auf dem Bett, ließen den Becher hin und her wandern.

»Wo unsere Schuhe jetzt wohl sind?«

»In der Asservatenkammer des Polizeipräsidiums.«

»In was für einer Kammer?«

»Wo die Beweisstücke aufbewahrt werden.«

»So richtig mit Zettel dran: ›Fundort‹ und ›Uhrzeit‹?«

»Unsere Schuhe sind jetzt für immer vereint unter der Obhut der Berliner Polizei.«

»Meine billigen hätten es auch getan«, sagte Rosa.

Christian drehte den Kopf zur Seite, da konnte er ihr Gesicht im Profil sehen, die glatte Stirn, die freche Nase, die vollen Lippen, die steile Kurve vom Mund über das Kinn zum Hals. Er atmete tief ein, und eine Spur von Glückseligkeit rann ihm den Rücken hinunter. Im Zimmer war es ganz still. Da drehte Rosa sich zu ihm:

»Was guckst du mich so an? Habe ich Dreck im Gesicht?«

Christian mußte lachen. Und dann ging sein Lachen in Grinsen über.

»Du, ich wollte es dir immer schon sagen«, sagte er.

»Was?«

»Ich sage es nicht gerne.«

»Nun mach schon.«

»Wenn du es denn unbedingt wissen willst.«

»Ja, will ich.«

»Also - eigentlich kann ich Rosa nicht ausstehen.«

»Wieso?«

Mit einem Ruck, der war so heftig, daß Christian Kaffee auf den Pullover schwappte, kam Rosa auf den Ellenbogen und sah ihm mit finstergrauen Augen schräg von oben ins Gesicht.

»Ja, das ist so«, sagte Christian. »Das hat aber mit dir nichts zu tun. Es ist die Farbe. Deswegen ist schon mal eine Geburtstagsfeier geplatzt. Sie hieß Edith und hatte ein schrecklich rosa Kleid an, und Rosa kann ich nun mal nicht ausstehen. Ich habe den ganzen Kakao verschüttet.«

»Dann sieh mal zu, daß du jetzt nicht den ganzen Kaffee verschüttest«, sagte Rosa angriffslustig, setzte sich rittlings auf Christian drauf und fing an, ihn zu kitzeln, er konnte eben noch den Becher auf dem Boden plazieren. Dann ging er zum Gegenangriff über.

Es begann als heftige Rangelei. Sie schenkten sich nichts. Alle Griffe waren erlaubt. Das Kopfkissen flog ins Bücherregal. Das Bett wurde zur Walstatt. Doch mit der Zeit verlangsamten sich ihre Aktivitäten. Ihr Tun wurde träger, ihr Kitzeln mutierte in Streicheln, ihr Beißen in Küssen. Und je länger je mehr wurde Wolle zu Baumwolle zu Haut, »I've got you under my skin.« Arme und Beine ineinander verhakt, schliefen sie ein.

Als sie wieder aufwachten, war es dunkel. Christian machte das kleine Licht am Bett an. Ihre Sachen lagen über das Zimmer hin, Christians Jeans hingen aus dem Waschbecken, Rosas BH hatte sich fürsorglich über den Kaffeebecher gewölbt.

Rosa sah sich um: »Sieht gut aus.« Sie kuschelte sich wieder an Christian.

»Ich glaube, ich liebe dich«, flüsterte er und küßte sie auf das nächstliegende Ohrläppchen. »Du riechst so gut, ein bißchen proletarisch, ein bißchen anarchistisch und ein bißchen katholisch.«

»Und du bist ein Spinner«, sagte sie und biß ihn in die Schulter. »Sieh lieber zu, daß ich in Schuhe komme. Ich muß schließlich noch nach Hause. Frühschicht.«

7

»Bei unserem Bewußtseinsstand kam sowas wie Kleinfamilie oder isolierte Zweierbeziehung ja nun nicht infrage«, sagte Christian. »Aber wir wollten zusammenleben. Rosa wohnte noch bei ihrer Mutter. Einen Vater gab es ja nicht. Nur den Großvater. Der hatte Rosa Luxemburg noch persönlich gekannt.«

»Weiß ich«, sagte Julia. »Und ich kenne auch seine proletarischen Heldensagen: Wie er die Uniformierten, die Rosas Mutter zum ›Bund Deutscher Mädel‹ abholen wollten, die Treppe runtergeworfen...«

»Und dafür ein halbes Jahr KZ kassiert hat«, ergänzte Christian.

»Und es gab Rolf. Der gehörte zu Rosa wie ein großer Bruder. Nur, daß die beiden, damit ich ehelich geboren würde, geheiratet hätten, das ist Legende.«

»Das ist der Bär, den mir deine Großmutter aufgebunden hat, und das werde ich ihr nie vergessen«, sagte Christian.

»Was ich wissen möchte«, begann Julia: »Wie habt ihr in diesem Jahr zusammen gelebt? Davon hat Rosa nämlich nie gesprochen. Fest steht, daß es ihr ungeheuer schwer gefallen ist, sich zuhause wieder einzugewöhnen. Und dann stellte sich auch noch heraus, daß ich unterwegs war.«

»Ob Rosa die Parabellum noch hat?«

»Parabellum?«

»Parabellum 08. Eine Pistole.«

Julia sah amüsiert zu ihm hinüber. Er aber sah sie gar nicht an, blickte aus dem Fenster, redete weiter:

»Die hatte ich einem Genossen abgekauft. Der brauchte Geld für Stoff. Koks, Heroin..., was weiß ich? Ich glaubte noch an die Revolution. Klingt blöd, was?«

»Klingt wie ein Gruß aus der Kindheit. Ich bin schließlich in einem DKP-Haushalt aufgewachsen, da war öfter mal von ›Weltrevolution‹ die Rede.«

»Die Pistole steckte in meinem Bücherregal, hinter den Kommentaren zum Alten Testament. Zu Demos habe ich sie nie mitgenommen, habe das schwarze Ding nur vorgeholt wenn ich ganz allein war. Vor dem Spiegel. Ein sonderbares Gefühl: Das kühle Metall in der Hand, die Mündung an der eigenen Schläfe. Ich war damals überzeugt, daß es so nicht weitergehen könnte. Entweder wir würden siegen, oder die Atombombe. Da war es gut, wenigstens den eigenen Tod fest in der Hand zu haben.

Es ging aber einfach so weiter. Unser Sieg ließ auf sich warten. Die Bombe auch. Unsere Bewegung lief sich fest. Statt Teach-ins und Sit-ins, Schulung in roten Zirkeln. Statt Spaziergang-Demos, kommunistische Parteiaufbau-Organisationen. Das war nicht mehr meine Sache. Eine andere Perspektive hatte ich aber auch nicht, bin dann an Haschisch geraten - härtere Sachen nicht! - habe mich mit Musik zugedröhnt: ›Ton Steine Scherben‹, die Stones, die Whos. Kino war wichtig: In ›Viva Maria‹ war ich mindestens zehn Mal.

Da habe ich Rosa die Parabellum gegeben. ›Damit ich mich nicht umbringe‹. Ich tat mir schon sehr leid. - Rosa hat nur die Nase kraus gezogen und gesagt: ›Mit sowas spielt man nicht‹, ist aufgestanden und hat sie weggepackt.«

Sie wohnten in der WG am Savignyplatz. Große Wohnungen gab es eine Menge. Nur konnte die allein keiner bezahlen. Das war die Stunde der Wohngemeinschaften. Vier große Zimmer. Außer Christian und Rosa lebten da noch Martin und Ina und Thomas. Thomas war ein Eigenbrödler, studierte Chemie.

»Ich glaube, deine Großmutter war ganz froh darüber, daß Rosa zu Hause auszog. Rosa war ja immer irgendwie aufsässig. Den Terz gab es erst, als sie die Arbeit aufgab und aus der Fabrik flog. Aber vielleicht gehört diese Szene auch in deine Abteilung: ›proletarische Heldensagen‹.«

In diesem Sommer fuhren sie gemeinsam nach Irland. Rosa wäre gerne allein mit Christian weggefahren, und ihm wäre das auch am liebsten gewesen. Aber sie sagten sich, daß diese Art exklusive Zweierbeziehung weder sie noch die Bewegung weiterbringen würde, daß sie als Wohngemeinschaft sich dringend einmal außerhalb ihrer Wohnung erleben müßten; und Inas Vater besaß ein altes Bauernhaus an der irischen Westküste, im Distrikt Sligo. Es stand am Rande eines weiten Tals, eine halbe Stunde vom Meer entfernt. In dem Tal, hieß es, trainiere die IRA ihre Kämpfer.

Während des Aufenthalts in Irland war es dann wie zu Hause. Ina und Martin gluckten zusammen, ebenso Rosa und Christian. Thomas war mit sich selbst beschäftigt. Tagelang Regen und Sturm. Sie tranken Hot Whiskey, spielten Provopoly und fingen an, sich gegenseitig auf die Nerven zu gehen.

Doch eines Morgens war die Sonne da. Der Garten dampfte. Aus dem Wald stiegen Nebenschwaden. Sie fuhren ans Meer, kletterten über die Dünen zum Strand. Muscheln und Möwen. Zum Baden war es zu kalt, aber die Schuhe konnten sie ausziehen. Sie krempelten ihre Jeans hoch, gingen an der Wasserkante entlang. Rosa rannte wie ein losgelassener Hund über den feuchten Sand.

Da sahen sie ihn liegen. Zuerst sah es aus wie ein Haufen Tang. Näher herangekommen, erkannten sie, daß da ein Delphin lag. Noch nicht ausgewachsen, nicht länger als zwei Meter. Rosa war als erste bei ihm.

»Er bewegt sich!« rief sie.

Er schlug mit der Schwanzflosse auf den Sand. Als sie ihn anfaßten, wurde er ruhig. Er fühlte sich fest an, gar nicht kalt. Sie drehten ihn mit dem Kopf zur See, schoben ihn vorwärts in die Welle. Er kam vom Boden los, schwamm. Doch die nächste Welle legte ihn quer und spülte ihn zurück aufs Land. Sie versuchten es noch einmal und immer wieder, schoben ihn tiefer ins Wasser. Dieses Mal würde er es schaffen! Und wieder die Welle, die ihn auf den Strand zurückschlug.

Da standen sie, hilflose Helfer.

»Blödes Tier!« schrie Rosa. Sie weinte.

Der Delphin bewegte sich nur noch langsam, hörte ganz auf. Dann sein heftiges Zucken. Das begann am Kopf, ging durch den ganzen Körper bis zur Schwanzspitze. Danach lag er still, leblos, unerreichbar für ihre Hilfe.

Die Sonne stand strahlend am Himmel. Sie froren in ihren nassen Sachen, und Christian hatte plötzlich wieder den Geschmack von Messing im Mund. Sie ließen das Tier, gingen weiter, am Wasser entlang, jeder für sich.

Christian legte den Kopf ins Kissen zurück.

»Wird es dir zu viel?«, fragte Julia, »soll ich lieber gehen?«

»Ach nein«, sagte Christian. »Laß es uns zu Ende bringen.«

»Rosa«, fuhr er fort, »hat in der ganzen WG-Situation nur gestört. Die Schichtarbeit. Dafür konnte sie nichts. Am besten ging es, wenn sie Spätschicht hatte. Dann kam sie abends gegen Elf nach Hause, mußte erst nächsten Mittag wieder los. Das war auch meine Zeit. Aber sonst: Oft ist sie durch die Wohnung getobt, hat alle verflucht wegen der lauten Musik. Bei der konnte sie nicht schlafen. Und manchmal lag ich noch im Bett, wenn sie müde und hungrig von der Frühschicht kam.«

»Ein schöner Liebhaber bist du gewesen«, sagte Julia. »Aufmerksam, treusorgend und immer auf der Seite der arbeitenden Bevölkerung.«

»Ich kriegte ohnehin nichts mehr geregelt«, antwortete Christian. »Und nach Irland hatte Rosa es aufgegeben, immer wieder gegen unsere WG-Zeitstrukturen anzugehen. Sie wurde stiller, fing an, unregelmäßig zu arbeiten, blieb morgens, ebenso wie ich, einfach im Bett. Und dann kam der

Tag, an dem sie mich bat, ihr einen Joint zu drehen. Es dauerte nicht lange, da war sie ihre Arbeit los.«

»Die Menschheit retten wollen«, sagte Julia, »aber nicht in der Lage sein, die Situation einer Frau zu begreifen, die einer geregelten Arbeit nachgehen muß!«

»Was meinst du, wie oft ich mir das schon selber vorgeworfen habe.«

»Aber sie hat es dann doch geschafft, bei euch raus und wieder nach Haus zu kommen.«

»Was heißt: ›Sie hat es geschafft‹? Sie wurde gekidnapped. Es war ein perfekt organisierter, proletarischer Überfall.«

Ruhiger Sonntagnachmittag. Sie sind allein in der Wohnung. Rosa hat Haschisch-Kekse gebacken. Das Leben ist soft, einfach und friedlich. Sie liegen auf dem Bett, hören die Beatles: *»When I find myself in times of trouble Mother Mary comes to me Speaking words of wisdom: Let it be...«* Und über ihren Köpfen das Poster von Che Guevara.

Da stehen sie plötzlich im Zimmer und sehen sehr entschlossen aus: Rosas Mutter, ihr Großvater und dieser Rolf.

»Hallo«, sagt Christian und versucht sich aufzurichten.

»Was wollt Ihr denn hier?« fragt Rosa mißtrauisch.

»Du kommst mit, und zwar sofort!«

»Ich denke ja nicht dran!«

Dann geht alles ganz schnell. Rosa bekommt von ihrer Mutter zwei gewaltige Ohrfeigen. Die Mutter und der Alte zerren sie vom Bett. Christian versucht aufzustehen, doch Rolf stößt ihn zurück, daß sein Kopf gegen die Holzpanele kracht. Als er die Augen wieder öffnen kann, ist er allein.

Julia lachte.

»So wurde dir deine proletarische Liebste entrissen und aus der Welt studentischer Revolutionsträume zurückbefördert auf das harte Pflaster deutsch-kommunistischer Tugend. - Und heute ist sie Betriebsratsvorsitzende in ihrem Kabelwerk.«

»Ob sie die Parabellum noch hat?«

»Das hast du mich schon einmal gefragt«, sagte Julia, »aber die Antwort gar nicht erst abgewartet.«

Sie sah sich zur Tür um, angelte nach ihrer Handtasche, holte etwas heraus, eingehüllt in ein dunkelblaues Männertaschentuch, schlug das Tuch auseinander.

»Diese hier?«

»Woher hast du die denn?«

»Aus Rosas Puppenkiste.«

»Ist sie so sorglos damit umgegangen?«

»Rosa ist damit überhaupt nicht umgegangen. Sie hat sie dort abgelegt, wo keiner sie vermuten konnte, unter ihrem alten Spielzeug. Rosa ist nämlich Pazifistin, soweit das ihre Übereugung zuläßt. Sie hält nichts von den dummen Sprüchen, mit denen manche Genossen heimlich und stolz daraufhinweisen, daß sie, ›wenn es denn mal hart auf hart kommt‹, sich ›zu wehren wissen‹, und sie hat es nie gebilligt, daß ich im Ferienlager in der DDR an vormilitärischen Übungen teilgenommen habe.«

»Gib doch mal her«, sagte Christian.

»Vorsicht!«

»Ist sie geladen?«

»Und sie funktioniert auch. Ich habe es ausprobiert. Ich kann schließlich mit solch einem Gerät umgehen.«

Christian wog die Pistole in der Hand.

»In meiner Erinnerung war sie leichter.«

»Eigentlich habe ich sie von dir«, sagte Julia. »Rosa hat sie nur aufbewahrt. Sie weiß nicht mal, daß ich sie habe.«

»Und wie hast du sie gefunden?«

»Als ich meine erste Stelle als Erzieherin bekam, bin ich zu Jochen gezogen. Und weil man einen solchen Schritt ins Leben nicht ohne besonderen Schutz tun soll, mußte ich dringend meinen alten Teddy mitnehmen. Den hatte ich jahrelang nicht gebraucht, und nun war er verschwunden. Ich habe ihn überall gesucht, und dabei bin ich auf die Pistole gestoßen.«

»Die bietet auch einen besseren Schutz als ein Teddybär.«

»Sag das nicht! Erst beide zusammen, da kannst du dich schon einigermaßen sicher fühlen.«

Christian gab Julia die Pistole zurück, sie schlug sie wieder in das Tuch ein, steckte sie in die Handtasche.

»Mit Jochen lebe ich nun schon sieben Jahre zusammen, obwohl wir politisch kaum was gemeinsam haben.«

»Ist er rechts?«

»Er ist Sozialdemokrat. Und da ist Alex. Mit dem habe ich sonnabends immer gejoggt. Hin und wieder sind wir ins Konzert gegangen, Tschaikowskij oder Dvorák. Jochen hat da nicht mitgemacht. Er sieht lieber Fußball oder Tennis.«

»Wer ist Alex?«

»Alex ist für mich wie ein Bruder gewesen, so ähnlich wie Rolf für Rosa. Seit dem Kindergarten hat er sich um mich gekümmert. Wir sind zusammen zur Schule gegangen, waren zusammen in den Ferienlagern in Heringsdorf und auf Usedom. Und wir haben, zusammen mit den Genossen, in West-Berlin den Sieg der Arbeiterklasse vorbereitet.

Allerdings, meine Beteiligung an der handgreiflichen Auseinandersetzung mit den Neonazis hat weder Alex noch Jochen gefallen. Alex nicht, weil er sich Parteiarbeit anders vorstellte, und Jochen war es peinlich, wenn seine Freundin wieder dabei war mit: ›Deutsche Polizisten schützen die Faschisten!‹ Aber für mich war das wichtig. Man muß den Neos was Handfestes entgegensetzen, sonst fühlen die sich zu gut verstanden. Nach der ›Wende‹ erst recht.«

»Dafür schleppst du eine geladene Pistole mit dir herum.«

»Das begann im Spätherbst 1990. Da bekam Alex diese Anrufe. Immer nachts: ›Du rotes Schwein!‹ und: ›Jetzt bist du dran!‹ Aber mit Telefonterror umzugehen, hatten wir gelernt. Dann haben sie ihm Säure in den Briefkasten gekippt. Und vier Wochen später wurde auf seine Wohnung geschossen. Drei Schüsse mit einer Sieben-Fünfundsiebziger. Einer durchschlug die Dachrinne, einer blieb im Fensterrahmen stecken, und einer ging durchs Fenster in seine Küche.Und weil er allein wohnte, in einer ausgebauten Laube im Schrebergartengelände, meinte die Kripo, es wäre besser, wenn er die nächsten beiden Wochen nicht nach Haus ginge. Da habe ich ihm angeboten, bei uns zu wohnen. Und dann wurde es komisch. Plötzlich hing bei uns, wie man in euren Kreisen sagt, ›der Haussegen schief‹.

Jochen hat versucht, zu akzeptieren, daß ich einen Genossen nicht im Stich lassen kann. Aber es paßte ihm nicht. Eifersüchtig war er. Das hatte ich ihm gar nicht zugetraut:

›Du holst dir einen Liebhaber ins Haus!‹

Von wegen Liebhaber! Einmal in meinem Leben habe ich mit Alex auf dem Bett gelegen. Das war, als mein Hund tot war, überfahren, und ich so heulen mußte. Da hat er sich zu mir aufs Bett gelegt, mich in den Arm genommen und festgehalten. - Eine ›Beziehung‹ war bei uns beiden schon wegen unserer gemeinsamen Parteiarbeit nicht drin.

Jochen fühlte sich außerdem durch die Polizei in seiner Ruhe gestört. Er mochte es nicht, daß die Grünen jeden Tag auffällig-unauffällig bei uns um den Block fuhren. Einmal - ich war zur Fortbildung - tauchten zwei Kripoleute sogar in der Wohnung auf und fragten nach mir. Alex hatte ihnen gesagt, daß er vorübergehend bei mir wohnt. Ein anderer Mann in der Wohnung, und dann noch die Polizei. Das war zuviel Aufregung für meinen armen Jochen!

Wie auch immer. Ich habe drei Wochen lang mit zwei Männern zusammengewohnt. Das hätte schön sein können, denn ich mochte sie beide. Doch ich traute mich kaum, sie allein zu lassen. Ihr Zusammenleben nahm geradezu absurde Formen an: Zuerst die unvermeidlichen Sprüche: ›Wer hat uns verraten...?‹ Dann der Versuch einer gemeinsamen Verpflegung. Sie spielten das Spiel: ›Einer kocht, und der andere ißt das nicht.‹ Schließlich kaufte jeder für sich ein. Zuletzt verschanzte Jochen sich in der Küche, ließ niemanden herein, bis er mit Essen fertig war.

Es war der reinste Belagerungszustand. Die Neonazis belagerten Alex und schossen ihm in die Küche, bei uns fuhr die Polizei um den Block und belagerte das Haus, in der Wohnung belagerten sich die beiden Männer gegenseitig, und ich saß irgendwie dazwischen. Was sollte ich tun? Alex wegzuschicken wäre Verrat gewesen. Ich hätte Jochen vor die Tür setzen können, vielleicht hätte ihn das zur Vernunft gebracht. Aber erstens war das seine Wohnung, und zweitens: Was wäre gewesen, wenn er nicht zurückgekommen wäre?

Was war nur in die Männer gefahren? Und es waren nicht nur die beiden Männer, die sich verändert hatten. Die Lage hatte sich verändert. Und ich wußte überhaupt nicht, worauf das hinauslief.

Bis dahin war im großen und ganzen alles im Lot gewesen. Ich lebte mit einem Sozialdemokraten zusammen. Warum nicht? Wir Kommunisten wollten eine andere Gesellschaft und waren hier doch ganz gut eingerichtet. Wir haben gedacht, wir wären selber wer - bis wir erfuhren, daß wir all die Jahre hindurch vom ›Großen Bruder‹ ausgehalten worden sind. Als ›Drüben‹ alles zusammenbrach, brach auch unsere großartige Organisation zusammen, der ganze Funktionärsapparat, von heute auf morgen.

Dann die Schüsse auf Alex' Wohnung. Um mich hatte ich mir nie Gedanken gemacht bei der Auseiandersetzung mit den Rechten. Ich kannte das Theater mit Demos und Gegendemos, mit Blockaden und Polizei. Auch auf die Rechten war Verlaß bei diesem Spiel, auch sie hielten sich an die Spielregeln, wenigstens meistens. - Doch jetzt: Schußwaffengebrauch. Das war was anderes. Ich spürte, es war etwas Unheimliches im Gange, fühlte mich hilflos, wußte nicht, woran ich mich halten sollte. - Da habe ich die Parabellum aus dem Karton geholt, geölt und geladen, bin in den Wald gefahren und habe auf einen Baumstamm geschossen. Nun hatte ich eine funktionierende Waffe. Aber gegen wen sollte ich mich wehren? Gegen die Neos? Gegen die Veränderung? Gegen die beiden Verrückten in meiner Wohnung? Gegen mich selbst?«

»Hast du die Pistole jemals gebraucht?« fragte Christian.

»Ich schleppe sie, wie du eben schon gesagt hast, mit mir herum, eingewickelt in Jochens Taschentuch.«

»Und euer Zusammenleben?«

»Alex ist nicht wieder in sein Häuschen zurückgegangen, ist weggezogen. In Leipzig hatte er ein paar gute Bekannte. Offiziell ist er arbeitslos. Jochen und ich leben immer noch in derselben Wohnung. Auch an unserem Streit hat sich nichts geändert. Jochen ist nach wie vor SPD-Mitglied, und ich erziehe anderer Leute Kinder.«

8

»Da sitzt ein weißer Mann im Garten, der ist ganz traurig. Kommen Sie schnell, Mrs Brouwer.«

»Was erzählst du da?« Marion hatte den Morris in die Garage gefahren und ließ das Tor herunter. Emily war vor die Haustür gekommen, ganz aufgeregt.

»Ich war gerade dabei, das Huhn auszunehmen«, sagte sie, »da stand er vor der Haustür. Ich ging nach draußen und fragte: ›Was möchten Sie?‹ Er sagte: ›Ich möchte Mrs Brouwer sprechen.‹ Ich sagte: ›Mrs Brouwer ist aber nicht da.‹ Da setzte er sich hier auf die Stufe und sah unglücklich aus. Ich sagte: ›Sie sind sehr traurig, Mister.‹ Und er nickte. Ich sagte: ›Mrs Brouwer kommt zurück, es kann höchstens eine Stunde dauern.‹ Er wollte aber nicht weggehen. Ich sagte: ›Mister, es ist nicht gut, wenn Sie hier draußen sitzen. Kommen Sie in den Garten. Setzen Sie sich auf die Terrasse bis Mrs Brouwer nach Hause kommt.‹ Er hat alles getan, was ich gesagt habe. Er hat sich auf die Terrasse gesetzt, wo ich ihn durch das Küchenfenster gut sehen kann. Ich habe ihm eine Limonade gebracht. Er hat sie getrunken. Dann hat er sich eine Zigarette angesteckt, und ich habe einen Aschenbecher auf den Tisch gestellt. Jetzt sitzt er da und starrt vor sich hin.«

»Laß sehen«, sagte Marion.

Durch das Küchenfenster sah sie den unglücklichen jungen Mann. Lang, dünn, blaß, wirres Haar. Er sah aus, als ob er friere in der warmen Nachmittagssonne. Es kam ihr vor, als habe sie ihn schon einmal gesehen, konnte ihn aber in ihren Erinnerungen nicht unterbringen.

Sie ging nach draußen.

»Ich bin Marion Brouwer. Sie wollten mich sprechen?«

Er sah zu ihr auf, tiefe Ringe unter den Augen.

»Ich gehe nicht wieder aufs Schiff«, flüsterte er.

»Wie bitte?«

»Ich gehe nicht wieder aufs Schiff.«

»Ich habe nicht gesagt, daß Sie wieder aufs Schiff gehen sollen«, sagte Marion. »Wer sind Sie?«

Da stand er auf. Und wenn sie ihn nicht gehalten hätte, wäre er zu Boden gegangen. Er roch nach Schweiß und Maschinenöl, und seine Tränen liefen ihr am Hals hinunter.

»Ich bin's doch, Christian«, schluchzte er.

Und hinter dem Küchenfenster überlegte Emily, ob es wirklich gut gewesen war, diesen Mann hereinzulassen, wo weder Mr Brouwer noch einer der Söhne zu Haus waren. Aber gewalttätig sah der Fremde nicht aus, nur traurig. Und für traurige Menschen war Mrs Brouwer gerade die Richtige.

Christian blieb drei Wochen bei Marion und ihrer Familie. Offiziell war er Patient in dem Sanatorium, in dem Marion als Psychotherapeutin arbeitete. Und in Zusammenarbeit mit der deutschen Botschaft in Pretoria konnte die Reederei davon überzeugt werden, daß Christian krank und es also besser sei, auf ihn zu verzichten. Sein Schiff war ohnehin längst wieder auf See.

Ein Vierteljahr nach ihrer Entführung hatte Rosa Christian angerufen. Sie müsse ihn dringend sprechen, mochte sich aber nicht mit ihm in der WG treffen, wollte auch nicht, daß er zu ihr nach Haus käme. Sie verabredeten sich bei Herta, Ecke Schlüterstraße/Goethestraße. Christian hatte den Termin verschusselt, kam viel zu spät, aber mit einer roten Rose in der Hand.

Rosa saß so, daß sie den Eingang sehen konnte, und sah ihm finster entgegen. Er fand, daß sie sich verändert hatte im Gesicht, konnte aber nicht sagen wie. Mit unsicherem Lächeln ging er auf ihren Tisch zu, legte die Rose vor sie hin. Mit einer Handbewegung wischte sie sie hinunter.

»Ich bin nicht hier, um mit dir Freundlichkeiten auszutauschen. Und ich habe keine Lust, hier ewig rumzusitzen, bis du dich herbequemst.«

Christian zuckte zusammen. Er bückte sich, hob die Blume vom Boden auf, legte sie umständlich zwischen sich und Rosa auf den Tisch. Sie lag da wie ein Schlagbaum, der die Grenze ihrer Territorien markierte.

»Du hast mich herbestellt.«

»Ich bin schwanger«, sagte Rosa, und das klang, als wollte sie ihm das noch nicht geborene Kind um die Ohren schlagen.

»Wir kriegen ein Kind?«

»Ich kriege ein Kind.«

Christian war plötzlich sehr damit beschäftigt, mit dem angefeuchteten Mittelfinger der rechten Hand einen Fleck auf der Tischplatte zu beseitigen. Es ging nicht. Da nahm er den Fingernagel zu Hilfe.

»Normalerweise machen wir hier selber sauber«, sagte der Kellner. »Wollen Sie auch 'ne Cola wie die Dame?«

»Bitte?«

»Ob Sie auch 'ne Cola wollen.«

»Mit Rum«, sagte Christian. Er sah zu Rosa hinüber.

»Und was willst du machen?«

»Was ich machen will?«

»Ich meine, wie stellst du dir das vor? Willst du es kriegen, oder...«

Mit einem Ruck hatte Rosa die Rose gegriffen und damit nach Christian geschlagen. Blütenblätter segelten durch den Raum. Ein Dorn zog seine Spur über Christians linke Wange.

»Bist du verrückt?« Er tastete den Strich entlang. Ein bißchen Blut.

»Jetzt sehe ich aus wie ein Corps-Student«, seufzte er

»Bepiß dich nicht«, sagte Rosa ungerührt. »Ich bin im vierten Monat.«

»Oh, schon?«, sagte Christian, »und was machen wir nun?«

»Wir machen gar nichts. Ich kriege das Kind und du zahlst. Ab wann und wieviel, das erfährst du vom Jugendamt.«

Sie stand auf, nahm ihre Jacke von der Stuhllehne.

»Rosa, so können wir doch nicht...«

Aber sie war schon draußen.

»Manchmal schwierig mit den Frauen«, sagte der Kellner.

»Zahlen«, sagte Christian.

»Das macht 5,80. Und vergessen Sie Ihre Rose nicht.«

In dieser Nacht stand Christian vor einer Schulklasse, versuchte zu unterrichten. Die Schüler ließen ihn nicht zu Wort kommen, redeten durcheinander, kreischten, lachten. Er schrie sie an. Da verwandelten sie sich in Hunde, Schakale, Hyänen. Die jaulten und winselten, kläfften und knurrten, rückten ihm immer dichter auf den Pelz. Er bekam es mit der Angst, zog sich vorsichtig zurück, erreichte gerade noch die Tür. Die fiel hinter ihm ins Schloß. Es hallte, ein Kirchenraum, besetzt mit alten Leuten. Er stand vor ihnen im Pastorentalar, versuchte zu predigen, bekam kein Wort heraus. Da waren sie plötzlich Schafe, die blökten erbärmlich und fordernd, drängten sich an ihn. Er riß den schwarzen Kittel vom Leibe und saß nackt auf einer Sommerwiese zwischen lauter nackten, schreienden Babys. Christian hielt sich die Ohren zu. Es nützte nichts. Er wickelte sich den Talar um den Kopf. Es wurde dunkel, aber das Geschrei wurde immer lauter.

Da wachte er lieber auf. Er saß in seinem Bett und dachte an abhauen, weglaufen, fliehen, sich absetzen, türmen, ausreißen, desertieren, entweichen, abschwimmen, Leine ziehen, von der Bildfläche verschwinden; nur weg und ganz weit!

Die Straßenlampen warfen einen trüben Schein unter die Zimmerdecke. Christian machte Licht, stand auf. Die Zigarettenpackung war leer, der Aschenbecher voll. Er stank. Christian trank den Rest Rotwein aus der Flasche. Der schmeckte scheußlich. Vor ihm auf dem Tisch lag ein Brief von der Uni-Verwaltung. Es war schon das zweite Semester, daß er sich nicht zurückgemeldet hatte.

»Und wann bist du tatsächlich losgefahren?« fragte Marion.

»Ich habe noch eine Woche rumgehangen«, antwortete Christian. »Schnelle Entschlüsse sind ja nicht so meine Sache. Aber dann habe ich mir die Haare schneiden lassen und mich sauber rasiert. Das Gefeixe hättest du hören sollen: Ob ich einen Job als Abteilungsleiter bei Karstadt gekriegt hätte.«

»Bist du bei der Uni-Verwaltung gewesen?«

»Ich bin nach Hamburg gefahren. Das heißt, beim ersten Mal kam ich nur bis zur Vopo-Kontrolle im Zug. Ich hatte meinen Paß vergessen, als ich losfuhr ans Ende der Welt.«

»Du bist doch schon mal weggelaufen«, sagte Marion, »damals, als es mit deiner ersten Freundin nicht geklappt hat.«

»Ach ja«, sagte Christian, »die Geschichte mit dem Igel. Aber das ist schon lange her.«

»Und seitdem? - Hast du das öfter?«

»Ich habe öfter schon daran gedacht, wenn ich in Schwierigkeiten war. Aber dann ist es nie dazu gekommen.«

»Weil die Schwierigkeiten beseitigt waren?«

»Weiß ich nicht. Wenigstens habe ich noch nie so dick drin gesessen wie jetzt: Studium geschmissen, keine Berufs-Perspektive, Freundin weg, und dann noch ein Kind.«

»Und da hast du die Panik gekriegt«, sagte Marion, »kann ich mir gut vorstellen.«

»Als ich erst einmal in Hamburg war, ging alles ganz schnell«, sagte Christian. »Zuerst bin ich zum Tropeninstitut gegangen, habe mich auf Tropentauglichkeit untersuchen lassen. Dann zum Arbeitsamt in der Admiralitätsstraße, ob sie nicht einen Seemann suchen. Sie haben mich erst gefragt, was ich kann. Und da konnte ich ja nicht gut sagen, daß ich ein Student der Germanistik und der Theologie auf der Flucht bin. Ich habe gesagt, daß ich mal eine Schlosserlehre angefangen hätte. Das hat ihnen gereicht. Und sie suchten tatsächlich einen Seemann, dringend, und zwar in Vancouver/Kanada, weit genug weg.

Das hat alles nicht länger als zwei Stunden gedauert, da war ich Seemann mit einem Vertrag über neun Monate. Ich bin zurück nach Berlin, habe mit der WG gesprochen, daß ich jetzt ein Dreivierteljahr zur See fahre, und daß sie mein Zimmer untervermieten können. Von Martin hätte ich mich gerne verabschiedet, aber der war nicht zu Hause. Und damit war ich weg. Mit dem Flugzeug über Amsterdam nach Vancouver. –

Auf dem Flughafen in Vancouver stand ein Mensch von der Reederei, der hielt ein Schild hoch mit meinem Namen drauf. Der brachte mich aufs Schiff. Das Schiff, ein Containerfrachter, lag noch drei Tage im Hafen, dann begann meine Reise.«

»Was hattest du zu tun auf dem Schiff?«

»Ich arbeitete unten in der Maschine, wegen meiner Schlosserlehre. In erster Linie Wartungsarbeiten: Temperaturen ablesen, Ölstände erneuern, Kühlwasser nachfüllen und so was. Zwölf Stunden arbeiten, dann zwölf Stunden frei, und das Ganze von vorn. Sieben Tage in der Woche.

Zu der Maschine habe ich eine geradezu persönliche Feindschafts-Beziehung entwickelt. Sie verfolgte mich bis in meine Träume. Stell dir vor: Ein Sechzehn-Zylinder-Gerät ganz unten im Schiff. Unterhalb der Wasserlinie. Ein unheimlicher Krach. Das kannst du dir nicht vorstellen, wie laut so eine Maschine ist, wenn sie arbeitet. Und heiß ist es da unten. An manchen Stellen bis siebzig Grad.

Das hatte was von Unterwelt. Es war nicht möglich, sich mit irgendwem zu unterhalten. Du kannst schreien, so laut du kannst. Das hört einfach keiner. Alle laufen mit einem Gehörschutz rum; denn eine Stunde ohne Gehörschutz in dem Krach, und du wärest irre geworden. - Am liebsten wäre ich gleich wieder abgehauen. Nur ging das nicht mehr.«

Sie saßen in Marions Morris auf einem Parkplatz hoch über dem Meer, konnten die ganze Bucht überblicken. Aus Richards Bay kam ein Tanker. Wie ein Schrank, der über eine Spiegelfläche geschoben wird, kam er aus dem Hafen und fuhr auf die offene See.

»Kennst du die Geschichte von Jona?« fragte Christian.

»Der mit dem Walfisch, der gar keiner war?«

»Der Walfisch war so ein Walfisch wie der Wolf bei Rotkäppchen ein Wolf war.«

»Also war der Wolf auch kein Wolf.«

»Du mußt das von innen sehen. Wenn du erst einmal drin bist und nicht rauskannst, ist es alles dasselbe: Wolfsbauch, Walfischbauch, Schiffsbauch, Unterwelt.«

»Wie kommst du auf Jona?«

»Das ist mein Schutzpatron, meine Identifikationsfigur, mein Lieblingsprophet; wie du willst. Der hat das alles schon vor mir durchgemacht. Ist abgehauen, zur See gefahren bis ans Ende der Welt. Das lag damals in Spanien.«

»Ich denke, er ist vom Walfisch verschluckt worden.«

»Bis Spanien ist er nicht gekommen«, sagte Christian. »Stattdessen kam ein Sturm. Als Jona zugab, schuld daran zu sein, warfen sie ihn ins Meer. Und da war es, als ob eine Hand über das Wasser gewischt hätte. Das Meer war still wie der Stille Ozean da unten, das Schiff gerettet, nur Jona war weg. Der sank immer tiefer. Und da kam dieser Riesenkoffer von Fisch, riß sein Maul auf, und Jona fand sich in der Unterwelt wieder.«

»Und wie Jona ist es dir auch ergangen?«

»Ich bin kein Prophet. Aber ich habe Jonas Geschichte auf dem Schiff wieder gelesen.«

»Die Bibel immer dabei!«

»Die Taschenbibel von meiner Mutter. Stuttgarter Jubiläumsausgabe von 1937. Frakturschrift. Und bei der Jonageschichte« - er sah Marion verstohlen von der Seite an - »liegt ein Lederlappen als Lesezeichen.«

»Warum nicht!«

»Es ist ein besonderes Stück Leder«, sagte Christian. »Das war aufgenäht auf den ersten Jeans meines Lebens, auf der Hose, die ich nach deinem Beerdigungsbesuch bei uns aus Frankfurt geschickt bekam.«

Marion sah geradeaus auf den weiten Ozean. Christian fürchtete schon, es könnte ihr peinlich sein, an damals erinnert zu werden, doch da bemerkte er die Lachfalten in ihren Augenwinkeln. Immer noch das Meer im Blick, sagte sie: »*Was vergangen, kehrt nicht wieder. Aber ging es leuchtend nieder, leuchtet's lange noch zurück.*«

Christian seufzte: »Wunderbar! Wozu die Literatur doch immer wieder gut ist!«

»Karl Förster, ›Erinnerung und Hoffen‹«, sagte Marion. »Ein Spruch aus der Zitatensammlung meiner Mutter.«

Sie sah ihm ins Gesicht, lachte ihn an, lachte ihn aus:

»Wie schön, daß du die wirklich wichtigen Erinnerungsstücke immer dabei hast! - Aber wir waren gerade bei dir, dem neuen Jona.«

»Eigentlich«, sagte Christian, »ist mir schon mulmig gewesen, als ich im Flugzeug nach Vancouver saß. Da habe ich mir gesagt: Mensch, jetzt hast du einen Vertrag unterschrieben, der geht über neun Monate, so lange wie ein Kind zu seiner Entstehung braucht. Tauchst neun Monate in ein Schiff ein, bist weg, einfach weg und kannst da nicht mehr raus. Mir ist schon bewußt gewesen, daß ich von Kräften getrieben wurde, die nicht so richtig zu mir gehörten, aber eigentlich doch zu mir gehörten, Kräfte, die ich nicht in der Hand hatte.«

»Und so ist das dem Jona auch gegangen?«

»Mag sein. - Zuerst hatte ich gedacht: Kannst in Vancouver ja noch abhauen. Aber als da der Mensch von der Reederei stand, da konnte ich nicht mehr weg. Wenn auf dem Schild nicht mein Name gestanden hätte, dann vielleicht. Ich bin hinter dem Reedereiagenten und seinem Schild hergetrottet wie ein angebundenes Kalb auf dem Weg zum Schlachter. Und an Bord, da war nichts mehr mit Abhauen. Wohin denn? Drumherum war Wasser. Nichts als Wasser. Wie Gefängnismauern. Und ich ganz unten in der Maschine. Unter der Wasserlinie.«

»Im Bauch des Walfischs.«

»Selbst in den Häfen«, fuhr Christian fort, »habe ich nichts anderes gesehen als Maschinenraum. Auch da hatte ich meine Arbeit, konnte nicht, wie andere Seeleute, zwei, drei Tage verschwinden. Die Maschine hat jeden Tag Bedienung erfordert, rund um die Uhr. Ab und zu, wenn wir wieder aus dem Hafen raus sind, bin ich an Deck gegangen. Und, ja, das ist das einzige, was ich von San Francisco gesehen habe: Die Golden Gate Brücke habe ich gesehen. Da sind wir nämlich drunter durch gefahren. Und Alcatraz habe ich gesehen, ausgerechnet das Gefängnis, weil das in der Hafeneinfahrt liegt. Ein Blick von einem Knast zum anderen.«

»San Francisco?«

Christian sah dem Tanker nach, der nun in der Abendsonne wie ein Spielzeug auf dem Meer lag und immer kleiner wurde.

»Die Strecke«, sagte er, »ging von Vancouver die US-Westküste entlang bis San Francisco. Von da über den Pazifik nach Australien: Melbourne und Sidney. Von Sidney nach Oakland/Neuseeland und dann zurück nach Kanada.

Als wir die Tour zum zweiten Mal machten, habe ich gemerkt, daß ich allmählich kaputt gehe. Das ist mir doch gewaltig an die Substanz gegangen, dieses Leben auf dem Schiff. Ich bin mit achtundsiebzig Kilo hingekommen, und hatte nach viereinhalb Monaten nur noch fünfundsechzig. Und mit der Zeit bekam ich auch so eine Sehnsucht nach meiner WG und nach Rosa und sogar nach dem Kind, vor dem ich weggelaufen bin. - Das ist jetzt vielleicht schon auf der Welt.

Als wir zum zweiten Mal Sidney anliefen, habe ich mir gesagt: Entweder du gehst hier von Bord oder du gehst kaputt. Doch dann hieß es plötzlich, wir fahren nicht weiter nach Oakland und auch nicht direkt zurück nach Kanada, wir haben Fracht für Südafrika. Unser nächstes Ziel ist Durban. Und da habe ich gedacht, solange hältst du es schon noch aus.«

Nach dem Abendessen saß Christian mit Marions Familie auf der Terrasse.

»Wenn ich das richtig im Gedächtnis habe«, sagte er, »sind hier dreiviertel aller Einwohner schwarz, die Weißen eine Minderheit von zwölf Prozent.«

»Hier in Durban gibt es außerdem mehr Inder als Weiße«, sagte Pieter.

»Man sieht hier aber keine Schwarzen außer denen, die uns bedienen, die Straße fegen, den Müll wegbringen. Und alle sind freundlich. Als ob ihnen das Spaß macht.«

»Dazu sind sie schließlich da«, sagte Ben.

»Bist du eigentlich schon mit deinen Schularbeiten fertig?« fragte ihn Marion.

»Wieso?«

»Also bitte!« - Ben stand auf und verschwand im Haus.

»Ich gehe nochmal rüber zu Krügers«, sagte Gordon.

»Komm nicht so spät wieder.«

»Die Schwarzen haben keine Wahl. Sie müssen freundlich sein«, sagte Pieter. »Wer von ihnen überhaupt Arbeit hat, hat es gut. Die anderen sitzen vor ihren Hütten im Township und haben nichts zu tun, als auf dumme Gedanken zu kommen.«

»Emily braucht jeden Morgen und jeden Abend zwei Stunden, um hierher und wieder nach Hause zu kommen«, sagte Marion.

»Seid ihr mal bei ihr gewesen?«

»Ich nie, habe auch keine Veranlassung dazu«, erklärte Pieter.

»Ich war einmal da, als Emilys Tochter gestorben ist«, sagte Marion. »Es war das einzige Mal, daß Emily nichts dagegen hatte.«

»Und wie war das?«

»Soweit du siehst, winzige Häuser mit Dächern aus Blech. Die Haustüren haben keine Klinken, geschweige denn Schlösser. Und darin wohnen sie mit bis zu zehn Leuten in zwei Räumen. Das Wasser müssen sie von weit her holen. Und die sanitären Verhältnisse ...«

»Ich würde das gerne mal sehen.«

»Aber nur mit massivem Polizeischutz«, meinte Pieter. »Es ist nicht so einfach mit der Solidarität, wenn man so dicht dran ist.«

»Früher«, sagte Marion, habe ich das Wort ›apart‹ einmal sehr gemocht. Ich fand es viel schöner als das umständliche ›geschmackvoll‹ oder ›reizvoll‹. Aber hier habe ich es hassen gelernt. Wir leben tatsächlich ›apart‹, in des Wortes doppelter Bedeutung, in unseren Städten, Schulen, Krankenhäusern, Universitäten. Wir fahren apart in unseren Bussen, sitzen apart auf unseren Parkbänken. In meinem aparten Sanatorium gibt es nur weiße Patienten, als ob nur Weiße psychisch krank würden.«

Pieter gähnte.

»Jetzt hat Marion endgültig ihr Thema gefunden«, sagte er. »Ich gehe schon mal rein, habe noch zu arbeiten.«

Marion ließ sich nicht unterbrechen:

»Seit Beginn der sogenannten ›Getrennten Entwicklung‹ vor neun Jahren sind wir doppelt apart, haben eine ›große‹ und eine ›kleine Apartheid‹. Und diejenigen, die gegen dieses irrwitzige System opponierten, wurden mundtot gemacht. Nelson Mandela bekam fünf Jahre Gefängnis, dann lebenslänglich.«

»Für die Freilassung von Nelson Mandela habe ich auch schon demonstriert«, sagte Christian.

»Nur hat man diese deine große Geste hier nicht so recht wahrgenommen«, meinte Marion. - »Die Mehrzahl von uns Weißen findet es so, wie es läuft, ganz in Ordnung. Die waren beleidigt, als unser Land aus dem Commonwealth ausgeschlossen wurde. Sie konnten nicht verstehen, daß man uns ›nicht leben läßt, wie wir sind‹.«

»Gibt es eigentlich keine Gegenbewegung?«

»So fragt der deutsche Achtundsechziger«, spottete Marion. Dann wurde sie wieder ernst. »Es gibt kleine Gruppen, die versuchen mit den Schwarzen im Gespräch zu bleiben.« Sie sah sich um und sprach leiser. »Ich selbst gehöre einer an. Aber das wissen nicht mal Gordon und Ben, und Pieter will es nicht wissen.«

Montagnachmittag. Marion kam. Sie fuhr den Morris in die Garage, ging ins Haus. Christian saß auf der Terrasse und las. Sie rief ihn herein.

»Du hast eine Tochter«, sagte sie.

»Woher willst du das wissen?«

»Amtshilfe.«

»Was heißt Amtshilfe?«

»Das ist ganz einfach: Der Jurist, der die deutsche Botschaft in Pretoria in südafrikanischen Rechtsfragen berät, hat mit Pieter zusammen studiert und Examen gemacht. Der hat ein Telefon, Pieter ebenfalls, und in der Botschaft gibt es auch eins. Kannst du mir folgen? - Die deutsche Botschaft hat einen direkten Draht nach Bonn. Und von Bonn aus kann man nach Berlin telefonieren. Die entsprechenden Ämter in Berlin haben, wenn es die deutsche Botschaft in Südafrika interessiert, nichts Wichtigeres zu tun, als herauszubekommen, wann deine Rosa ihr Kind bekommen hat und ob es ein Junge oder ein Mädchen ist. Das dauert ein paar Tage, und das nennt man Amtshilfe.«

»Und wann ist das Kind geboren?«

»Heute vor einer Woche. - Freust du dich gar nicht?«

»Doch, doch«, murmelte Christian. Er drehte Marion den Rücken zu, trat ans Fenster und sah hinaus in den Garten. Auf dem Rasen balgte sich ein Vogelpärchen.

Eine Tochter. Er hatte eine Tochter. Wie sie wohl aussehe? Und wie es Rosa gehe? Er war in Südafrika, und zu Haus war seine Frau und hatte ein Kind bekommen. Sein Kind. Was suchte er eigentlich in Afrika?

Er drehte sich abrupt um.

»Ich muß zurück, so schnell wie möglich«, sagte er leise.

Marion nahm ihn in den Arm.

»Ja«, sagte sie, »du mußt zurück, so schnell wie möglich.«

9

Er rief Rosa an. Ihre Mutter war am Telefon. Er sagte, er sei Christian.

»Ja, Christian.« - Sie erinnerte sich.

Ob er Rosa sprechen könne.

»Nein.«

»Und warum nicht?«

Rosa sei weggezogen.

Ob er Rosas Adresse oder wenigstens die Telefonnummer haben könne.

Sie habe kein Telefon, wolle auch keinen Kontakt mit Christian.

Ob das Kind geboren sei.

»Ein Mädchen.«

Ob sie ihm nicht doch Rosas Adresse sagen wolle, schließlich sei er Rosas Freund und der Vater des Kindes.

Sie antwortete nicht ohne Schärfe: »Rosa ist ordentlich verheiratet. Und der Vater des Kindes ist ihr Mann.«

»Etwa der Rolf?«

»Ja, er heißt Rolf. - Ist noch was?«

»Ja, es ist noch was«, sagte Christian, »wie heißt sie?«

»Wer?«

»Die neugeborene Tochter.«

»Sie heißt Julia.« - Und als ob sie schon zu viel gesagt hätte, legte sie auf.

Christian kam sich vor wie ein abgelegtes Spielzeug. Rosa hatte sich anders eingerichtet, war verheiratet, »ordentlich« verheiratet. Er hatte gar kein Kind, keine Tochter, die Julia hieß. Nicht einmal ein Bild von ihr.

»Ich bin dir als erwachsener Mensch geboren«, sagte Julia. »Als ich Neunzehn war, und aus freien Stücken, habe ich dich aufgesucht, den, der sich bis dahin überhaupt nicht um mich gekümmert hat.«

»Wie sollte ich mich um dich kümmern, wo ich gar nicht dein Vater war? Frag deine Großmutter.«

»Nichts gegen meine proletarische Großmutter!«

»Dabei war ich mit allen guten Vorsätzen aus Durban zurückgekommen,« sagte Christian, »wollte dir Vater sein, ›in guten wie in bösen Tagen‹.«

»Das nachzuholen, hast du jetzt schon acht Jahre Zeit gehabt«, meinte Julia.

In seiner Wohngemeinschaft am Savignyplatz störte Christian auch.

»Tut mir leid«, sagte Martin, »aber wir haben nichts weiter getan, als dein Zimmer weggegeben, genau, wie du das haben wolltest.«

»Dazu mußten wir es aber zuerst auf- beziehungsweise ausräumen, so schnell wie du abgehauen bist«, sagte Thomas und fügte hinzu: »Und seitdem ihr, Rosa und du, weg seid, ist doch eine gewisse Ruhe in den Bau gekommen. Und die war nötig.«

»Brigitte und Klaus haben sich hier übrigens schnell eingewöhnt, passen echt gut zu uns«, ergänzte Ina. »Wir wollen sie eigentlich nicht so schnell wieder loswerden.«

Christian wollte noch einmal sein bisheriges Zimmer sehen.

»Aus Gründen der Sentimentalität«, sagte er. Doch als er es betrat, meinte er, er habe sich verlaufen. Der ganze Raum war gelb gestrichen und angefüllt mit Räucherstäbchenduft. Brigitte und Klaus - zwei schöne Menschen und sanft, so sanft - trugen indische Gewänder und boten ihm Platz an auf einem gelben Kissen. Und er möge doch bitte die Schuhe ausziehen.

Er bekam Tee gereicht in einer flachen Schale. Die Musik von Tangerine Dream mischte sich mit dem Duft der Räucherstäbchen, legte sich schwer auf seine Seele. Der Gedanke an Amoklaufen überkam ihn.

»Möchtest du noch?«

Christian schreckte auf. Brigitte sah ihn freundlich an. Mit ihren wunderbar schmalen Händen goß sie ihm Tee nach. Und er wußte, daß er hier ganz bestimmt nicht bleiben konnte.

Er rief seine Eltern an.

»Du lebst noch? Und wo auf Gottes weiter Welt befindest du dich?«

Die Stimme seines Vaters klang erleichtert und verärgert. »Ein halbes Jahr haben wir nichts von dir gehört. Immer wenn wir versucht haben, dich zu erreichen, war jemand mit einem anderen Vornamen am Telefon. Und immer hieß es, du würdest zurückrufen. Jetzt schrieb Marion aus Durban, du wärest bei ihr gewesen. Eigentlich studierst du doch. Oder sehe ich das falsch?«

»Ich bin wieder in Berlin«, sagte Christian. »Aber ich würde gerne nach Hause kommen.«

»Für ein Wochenende oder länger?«

»Für - ich weiß noch nicht wie lange.«

Schweigen im Revier. Dann: »Das klingt ja fast biblisch. Der verlorene Sohn geruht zurückzukehren.«

»Ganz so würde ich das nicht sehen«, sagte Christian, »denn erstens habe ich keine Schweine gehütet, und zweitens will ich bei dir nicht Tagelöhner werden.«

»Und das jetzt mitten im Semester?«

»Ich habe das Studium abgebrochen, kann vielleicht später wieder anfangen, aber nicht in Berlin. Erst einmal suche ich mir Arbeit.«

»Wenn der Sohn nach Hause verlangt, kann sich das Elternhaus dem schlecht verschließen«, sagte der Vater. »Unter einer Bedingung.«

»Welcher?«

»Daß du mich hin und wieder sonntags beim Orgelspielen vertrittst.«

»Ich habe seit meiner Schulzeit auf keiner Orgelbank mehr gesessen«, sagte Christian, »aber wenn es gar nicht anders geht...«

Das Elternhaus verschloß sich ihm nicht, wenn auch die Mutter mit mehr Reserviertheit reagierte als der Vater.

Die Begegnung mit der Orgel war eine Wiederbegegnung mit der Jugendzeit. Sie saßen zusammen auf der Orgelbank, wie früher, und versuchten, gemeinsam zu spielen: Christian auf dem Manual und sein Vater auf dem Pedal. Es klappte überhaupt nicht, aber es machte Spaß. Und von da an saß Christian regelmäßig dort, eignete sich das wieder an, was er schon einmal beherrscht hatte.

Nach einer Woche Lektüre von Stellenanzeigen in der Zeitung, dem »Reviermarkt« und dem Anzeigenblatt, und nach einer Prüfung seiner Ortskenntnisse, sowie dem Einverständnis, auch nachts zu arbeiten, bekam Christian einen Job als Taxifahrer in Bochum.

Mit seiner neuen Situation arrangierte er sich schnell. Die geregelte Arbeit, unterbrochen eigentlich nur von seinem Orgelspielen, machte ihn ruhiger. Er schlief auch besser. Er wunderte sich darüber, wie wenig es brauchte, um, wenn auch nicht glücklich, so doch einigermaßen zufrieden zu sein.

Doch wenn er nachts in seinem Wagen am Taxistand saß, geschah es, daß die Gedanken ihm entglitten. Da sah er plötzlich Rosa vor sich, wie das von ihr geworfene Ei gegen die amerikanische Fensterscheibe klatschte und sie sich ihm erhitzt und strahlend an den Hals warf. - Danach fand er die Welt überhaupt nicht gut eingerichtet.

Freitagnacht. Christians Taxi wird an einer dieser neuen Discos verlangt. Einsteigen eine sanft beschickerte junge Frau und ein poltriger Mann. Die passen überhaupt nicht zueinander.

»Wohin?« fragt Christian.

»Wohin?« fragt der Mann, »zu dir oder zu mir?«

»Ich fahre zu mir und Sie in Ihre eigene Wohnung. Die Reihenfolge können Sie bestimmen.«

»Also wohin?« fragt Christian.

»Fragen Sie nicht so dämlich, fahren Sie los.«

Christian schaltet das Taxameter ein und fährt los. Am Ring biegt er rechts ab. Hinten kommt es zu Unstimmigkeiten.

»Nehmen Sie Ihre Finger da weg!«

»Nun hör aber mal zu, Puppe. Erst läßt du dich von mir aushalten und dann...«

»Sie tun mir weh!«

»Ich werde dir noch viel mehr weh tun!«

»Lassen Sie das!« und zu Christian: »Halten Sie bitte an!«

»Sie halten an, wenn ich das sage!«

»Halten Sie an!«

»Du verdammtes Biest, mir in die Hand zu beißen...«

»Nun halten Sie doch endlich an!«

»Sie fahren weiter!«

Christian fährt auf den Taxistand am Bahnhof. Da stehen drei Wagen. Er hupt kurz, fährt an ihnen vorbei, hält schräg vor dem ersten, stellt den Warnblinker an, steigt aus, öffnet die Tür des Mannes:

»Steigen Sie aus. Ihre Fahrt ist zu Ende.«

»Was soll ich?«

»Aussteigen. Oder haben Sie nicht gehört, was mein Kollege gesagt hat?« Neben Christian ist ein zweiter Taxifahrer aufgetaucht. Der sieht in seiner Lederjacke stark aus. Inzwischen ist auf der anderen Seite die Frau ausgestiegen.

»Du bleibst hier, Puppe!« Der Mann versucht hinter ihr her zu krabbeln. Doch ihr Ausgang ist durch zwei andere Fahrer blockiert.

»Die Dame möchte nicht mehr mit Ihnen fahren«, sagt der eine. »Ihr Ausgang ist auf der Seite. Sie müssen auch noch bezahlen«, sagt der andere.

Der Mann seufzt tief auf, quält sich aus dem Auto, greift nach seiner Brieftasche.

»Das wird ein Nachspiel haben, meine Herren«, sagt er mit schwerer Zunge. Er sieht sich nach der Frau um. Die ist nicht mehr da.

»Scheiß drauf!« Er wendet sich ab, steckt sich mühsam eine Zigarette an, geht über die Straße. Christian bedankt sich bei den Kollegen für die Hilfe und steigt in seinen Wagen. Da sitzt sie auf dem Beifahrersitz und ist guter Dinge.

»Das wird ein Nachspiel haben«, kichert sie. »Ich heiße Doro. Und du?«

»Wie heißen Sie?«

»Doro, Dorothea.«

»Und wohin soll ich Sie bringen?«

Am Sonntagnachmittag kam ihr Anruf: »Hier ist Doro. Sie erinnern sich? Ich bin Ihnen eine Erklärung schuldig.« Sie habe Mühe gehabt, bei der Taxizentrale seinen Namen und seine Telefonnummer herauszubekommen, und wann sie sich treffen könnten und wo.

Im Café ist es dunkel nach der grellen Sonne draußen. Er sieht sich um.

»Hallo Christian!«

Sie sitzt an einem Fenstertisch, schön und gespannt. Er macht einen Schritt auf sie zu, hat die Stufe übersehen, stolpert. Da merkt er, daß er noch seine Sonnenbrille aufhat. »Das war aber doch nicht nötig«, sagt sie, als er vor ihr auf den Knien liegt.

Ihre Augen sind von der blassen Bläue der Augen der Gans Hertha, die, zusammen mit dem Ganter Lorenz, neun Jahre lang den Obstgarten seiner Eltern bewohnt hat. In jedem Frühjahr flogen sie einmal über das Haus, um zu dokumentieren, daß sie eigentlich Zugvögel waren, kehrten dann aber doch wieder in ihr Gehege zurück.

Christian erzählt Doro von Herthas Augen. Sie ist begeistert. »Eulenäugige« und »kuhäugige« Frauen gebe es bei Homer, »gansäugige« seien nicht literarisch. »Gansäugig« sei offenbar nur sie, ein Unikat. Über das Verhalten des Gänsepaares, in jedem Jahr die große Reise anzutreten, und dann doch da zu bleiben, sagt sie, möchte sie sich nicht äußern. Da kommt es ihnen vor, als ob sie sich schon lange kennen.

Doro besaß eine Wohung in Bochum. Und Christian, kaum, daß er sich bei seinen Eltern eingewöhnt hatte, zog dort wieder aus, zog zu ihr. Er legte seine Taxistunden von der Nacht auf den Tag, kam am späten Nachmittag nach Hause wie andere Arbeitnehmer. Und sie hatte dann, soweit ihr Studium das zuließ, für ihn gekocht.

Zu Weihnachten bekam Christian von Doro einen Werkzeugkasten geschenkt. Ihr Vater - der war gestorben, als sie Dreizehn war - hatte als Heimwerker alte Möbel restauriert und ihr das Puppenhaus gebaut, das ein Drittel ihres Schreibtisches einnahm. Christian, der sich aufgerufen fühlte, ein Erbe anzutreten, bemühte sich redlich um handwerkliche Kompetenz, war aber bei weitem nicht so geschickt wie ihr Vater. Und der besondere Charme von Häusern, in denen Nägel verkauft und Bretter zugeschnitten werden, blieb ihm, anders als anderen Männern, sein Leben lang verborgen.

Völlig zur Unzeit, kurz vor ihrem ersten Lehrerexamen, war Doro schwanger. Die Frage, ob sie das Kind behalten wollten oder nicht, stellte sich ihnen erst später. Am Anfang war nur Panik. Sie fuhren zusammen nach Utrecht zu einer Abtreibung. Als sie im Zug saßen wurde Doro immer stiller. Dann kamen ihr die Tränen. Und in der Praxis weinte sie so heftig, daß der Arzt sich außerstande sah, den Eingriff vorzunehmen. Sie sollten sich erst einmal klar werden, was sie eigentlich wollten. - »Die Nächste bitte!«

Und was wollten sie eigentlich? Wer von ihnen sich um das Kind kümmern solle? Und was dann aus ihrem Examen würde, und ob sie es vielleicht mit in die Prüfungen...? Ob er es etwa mit ins Taxi nehmen und die Fahrgäste bitten solle, es mal eben zu halten? Christian weigerte sich, sich klar zu äußern, diskutierte die verschiedenen Vorschläge Doros mit »wenn dann« und »ja aber«. Und manchmal, wenn er in seinem Taxi saß und auf Fahrgäste wartete, dachte er an Volltanken und Wegfahren. Irgendwohin, wo er keine Entscheidung treffen mußte.

An einem Montagmorgen fuhr Doro wieder nach Holland. Allein. Am Abend rief sie vom Bahnhof aus an, Christian möchte sie abholen. Da hatte sie kein Kind mehr.

Christian registrierte bei sich zugleich Trauer: Es wäre ja doch schön gewesen, Beleidigtsein: Sie hat es getan, ohne mir etwas zu sagen, und Erleichterung: Wenigstens ist jetzt die Entscheidung gefallen.

Die Erleichterung konnte er jedoch nicht zugeben, denn Doro machte jetzt ihre Abtreibung ihm zum Vorwurf. Er hätte sie daran hindern müssen. Hätte er? Schuldgefühle umstellten ihn, schlugen um in Sprachlosigkeit. Das brachte sie erst recht in Rage. Stellen sollte er sich, sich mit ihr auseinandersetzen. Doch er wurde immer schweigsamer.

Da gab es eine Szene, an die er sich noch lange zurück erinnerte. Es war Winter, sein Zimmer ungeheizt, er lag mit hohem Fieber im Bett. Sie kam herein, wollte auf irgend eine Frage eine Antwort. Als die nicht kam, nahm sie ihm einfach die Decke weg. Und er lag in der Kälte wie ein zitternder Aal. - In dieser Nacht floh er im Traum in die Arme einer gütigen Fee und fand sich in den Fängen einer bösen Hexe wieder.

Sie schliefen nicht mehr miteinander, redeten von Trennung, blieben aber doch zusammen.

So kann es nicht weiter gehen, sagte sich Christian. Du kommst von dieser Frau nicht los, wenn du es dir immer nur vornimmst. Du mußt Tatsachen schaffen. Du brauchst eine neue Bleibe und eine neue Frau. Einfach so schaffst du den Absprung nicht.

Eine neue Bleibe fand sich schnell. Eine neue Frau zu seiner Überraschung auch. Er erfuhr von einem freien Zimmer in einer Essener WG. Das ließ er sich reservieren, wartete zu Hause den nächsten Krach ab und zog empört aus.

An einem der ersten Abende in Essen - er war noch gar nicht eingerichtet - stand Gisela in seiner Zimmertür. Er kannte sie nur flüchtig von einer Fete. Da war sie mit ihrer hennaroten Mähne und ihrer Nähe zur Rote-Armee-Fraktion Mittelpunkt gewesen. Ihn hatte sie nur am Rande wahrgenommen. Und nun stand sie in seiner Tür, wollte ihre Freundin besuchen, deren Zimmer er gerade übernommen hatte. - Es gibt keine Zufälle. Davon war Christian überzeugt.

Ob sie nicht, wenn sie schon da sei, auf eine Gauloise hereinkommen möchte?

An diesem Abend verlor sie eine Kontaktlinse. Deshalb war sie am nächsten wieder da. Die Linse fanden sie auch an nächsten Abend nicht, meinten aber, sie hätten sich gefunden.

Christian fand die Frau aufregend. Sie kannte Gudrun Enßlin persönlich und war noch vor kurzem mit einem Mann von der RAF zusammengewesen. Der hatte über Nacht abtauchen müssen, konnte sich in letzter Minute nach Syrien absetzen. Sie selbst war einen ganzen Nachmittag lang vernommen worden und davon überzeugt, daß sie unter ständiger Bewachung stehe.

Und immer, wenn sie davon erzählte, warf sie - so hatte Christian sie auf der Fete kennengelernt - mit einer energischen Kopfbewegung ihre Haare über die linke Schulter und sah sich dabei nach einem möglichen Spitzel um.

Diese, zudem noch erotisch vermittelte, Nähe zur linken Politik, wo sie bewaffnet praktiziert wurde, ließ Christian sein eintöniges Taxifahrerdasein unwichtig erscheinen. Schlimm war, daß er - wie lange war das schon her? - Rosa seine Pistole überlassen hatte. Das würde er sich nie verzeihen.

Christian meinte, die ideale Frau gefunden zu haben, um aus seinem Beziehungsschlamassel mit Doro herauszukommen. Voraussetzung: eine gewisse Distanz. Gisela behielt ihre Wohnung, er sein Zimmer. Doch kaum ein halbes Jahr später war die rote Retterin schwanger.

Und nun zeigte diese Frau ihr anderes Gesicht. Nun war sie davon überzeugt, daß es keine Zufälle gebe. Nun sprach sie von Heirat, hatte kein anderes Thema mehr, abgesehen von der Suche nach passenden Kinder-Namen: Stets aufs Neue konfrontierte sie Christian mit Vorschlägen, zu denen er sich zu äußern hatte, bis schließlich für sie feststand: Wenn es ein Junge würde, sollte er Mark heißen, im Falle eines Mädchens: Susan.

Christian fiel aus allen roten Wolken auf den bundesdeutschen Teppich. Die radikal Oppositionelle entpuppte sich als radikal Angepaßte mit einem durch und durch bürgerlich-konventionellen Lebenskonzept.

Finster brütend saß er in seinem Taxi: Die hat doch nur darauf gewartet, daß so ein Würstchen wie ich vorbeigeschlichen kommt! Einer Frau war er weggelaufen, noch außer Atem bei einer anderen angekommen, und noch bevor er fragen konnte: »Warum hast du ein so großes Maul?« hatte sie ihn gefressen, in Besitz genommen. Ihr Eigen sollte er sein.

Der Teppich, auf den er gefallen war, erwies sich als der tiefe, weiche des westdeutschen Establishments besseren Zuschnitts. Gisela kam aus gutem Hause. Ihr Vater war Chefarzt in Düsseldorf, reaktionär, jedoch von einer Toleranz, wie sie sein gutes Einkommen ermöglichte. Ihre Mutter bot »Euch beiden« eine schöne Wohnung an. Ihr Vater erklärte sich bereit, Christan die Promotion zu finanzieren. Ohne den Doktortitel mochte er sich einen Schwiegersohn auf Dauer nicht vorstellen.

Worüber er denn promovieren solle und in welchem Fach, fragte Christian verwirrt.

»Was haben Sie denn studiert, solange Sie studiert haben, Christian?«

»Theologie und Germanistik.«

Vielleicht wäre ein »Dr. theol.« reputierlicher als ein literaturwissenschaftlicher, überlegte er. Aber da wolle er ihm überhaupt nichts vorschreiben. In jedem Fall würde er ihm die Finanzierung der nächsten Jahre bis zum Abschluß der Promotion garantieren.

Christian spürte die Schlinge um seinen Hals. In einem letzten Versuch, Herr seiner eigenen Biographie zu bleiben, schlug er Gisela vor, es so miteinander zu versuchen, zusammenzuleben, gemeinsam das Kind aufzuziehen, aber, um aller Prinzipien willen, nicht zu heiraten. Doch Gisela wollte den Ring.

Christian bestellte das Aufgebot, und am Morgen der Eheschließung bestellte er es wieder ab. Aber er hatte nicht mit der Hartnäckigkeit seiner Schwiegermutter gerechnet:

»Christian, wir brauchen die Heirat. Wir müssen unser Gesicht wahren. Heiraten Sie Gisela jetzt. Wir bezahlen Ihnen, wenn Sie darauf bestehen, später auch die Scheidung.«

Mutter und Tochter ließen ihn nicht mehr aus den Fängen, redeten auf ihn ein, prophezeiten, drohten, weinten, erklärten, beschworen, versprachen, daß er nicht mehr wußte, ob er Täter oder Opfer war.

Einen Monat später traten Gisela und Christian in aller gebotenen Form vor den Standesbeamten. Und von dem Tag an waren sie geschiedene Leute. Denn da war Christian eigentlich schon nicht mehr da, war er wieder Doro unter die Schürze gekrochen, der zu entkommen er den großartigen Kraftakt unternommen hatte.

»Komm rein«, hatte sie gesagt, als er vor ihrer Tür stand. Keine Häme, keine Anklage. Sie saßen sich am Küchentisch gegenüber, tranken Rotwein, sprachen kaum.

»Alles, was ich brauche«, sagte Doro, »ist mein Kind zurück.« Worte, die Christian tief ins sentimentale Herz sanken. Und es dauerte auch gar nicht lange, da ging ihr Kinderwunsch in Erfüllung. Nur wenige Monate nach Susan wurde Tessa geboren.

»Das finde ich ganz schön beknackt«, sagte Julia, »wie du so ganz nebenbei in knapp drei Jahren mit drei Frauen drei Kinder gemacht hast, bloß weil du mit dir und der Welt nicht klar gekommen bist.«

Christian griff nach der Schlaufe über seinem Bett, zog sich hoch und ließ sich langsam wieder zurückgleiten.

»Was heißt ›so nebenbei‹? Ich habe ja nichts anderes gemacht, wenn du die Zeiten abrechnest, in denen ich von einer Frau zur anderen auf der Flucht war. Doch, noch was habe ich gemacht. Ich bin immerhin regelmäßig Taxi gefahren. Bis Tessa zur Welt kam. Tessa, meine dritte Tochter, war eigentlich meine erste, denn dich und Susan hat man mir ja vorenthalten.«

»Was war mit Susan?«

»Susan ist immerhin - das war sie Giselas Mutter schuldig - ehelich geboren worden: Susan Droste, Tochter des Taxifahrers Christian Droste und seiner Ehefrau Gisela, geborene Sundermann. Ich bekam eine Anzeige auf edlem Büttenpapier zugeschickt. Darin gab ich die Geburt dieser meiner Tochter bekannt. Allerdings blieb mein Beruf auf der Anzeige unerwähnt. Gesehen habe ich meine zweite Tochter ebensowenig wie meine erste.

Als das mit der Geburt geklärt war, hat Giselas Mutter uns scheiden lassen und Gisela mit einem Assistentarzt ihres Mannes verheiratet. Auch das wurde mir per Anzeige bekannt gemacht. - Die sind unmittelbar darauf weggezogen, nach Freiburg, und haben es entschieden abgelehnt, von mir Geld für Susan zu nehmen. Ich habe nichts mehr von ihnen gehört, bis Susan Wert darauf legte, daß ich zu ihrer Konfirmation käme. Seitdem sehen wir uns so alle drei Jahre. Man ist ja schließlich interessiert, zu sehen, was aus den Kindern wird.«

Schwester Inge kam mit dem Abendbrot. Christian warf einen Blick auf Mortadella und die Ecke Camembert und meinte, den Tee könne sie da lassen, das Brot wieder mitnehmen. Doch Julia protestierte. Sie habe den ganzen Tag noch nichts richtiges zu essen gehabt.

»Sehen Sie«, sagte die Schwester.

»Als ich Tessa zum ersten Mal auf dem Arm hatte«, sagte Christian, »war ich unheimlich stolz. Ich bin mit ihr zum Fenster gegangen. Es war ein schöner Frühlingstag, die Sonne schien, die Vögel zwitscherten. Ich habe Tessa erzählt, daß die Sonne scheint, und daß die Vögel zwitschern, und daß der Sommer schön ist, weil wir da auf der grünen Wiese sitzen können. All das, was ich in den Jahren davor überhaupt nicht wahrgenommen hatte.«

Während Doros Referendariatszeit war die Versorgung Tessas ausschließlich Christians Sache. Er hatte das Taxifahren aufgegeben, ließ sein Leben bestimmen von den Härtegraden eines Baby-Stuhlgangs und den Schwierigkeiten Tessas, nach dem Essen aufzustoßen. Zum ersten Mal wieder eine Nacht durchzuschlafen, war ein Erlebnis, auf einer Veilchenwurzel zu kauen, »als unser erster Zahn durchkam«, eine ganz besondere Erfahrung. Mit anderen Müttern führte er auf der Bank am Spielplatz lange Gespräche über frühkindliche Erziehung. Und er war es, der Tessa das Laufen und das Diskutieren beigebrachte.

»Und Doro?«

»Als ich zu Doro zurückgekrochen gekommen war, habe ich sie als eine wunderbar verständnisvolle und mütterliche Frau erlebt, gar nicht die zänkische und rechthaberische Person von davor. Als Schwangere war sie dick und zufrieden, und ich dachte: Jetzt ist alles gut.

Doch nach Tessas Geburt änderte sich das. Doro hatte große Schwierigkeiten in der Schule. Sie hätte Tessa lieber selbst betreut, mußte sich aber mit störrischen Jugendlichen abgeben, wurde von ihrem Fachleiter gedeckt. Und ich, der Typ, den sie aushielt - und das Geld reichte hinten und vorne nicht - verbrachte den Vormittag mit dem Kind im Streichelzoo, um mit kleinen Ziegen und Lämmern rumzualbern. Und wenn sie kaputt und verärgert nach Hause kam und ich ihr erklärte, daß wir einen wunderschönen Vormittag gehabt hätten, fühlte sie sich doppelt ausgebeutet.«

An einem Nachmittag im November, so düster und regnerisch, wie er im Lehrbuch für Novembernachmittage stehen könnte, ging ihre Beziehung zu Ende.

Christian hatte den Ofen angeheizt, Tessa nach dem Mittagschlaf aus dem Bett geholt, saß mit ihr im Ställchen und spielte Hoppe-Reiter. Da kam Doro hereingerauscht, stand über ihnen, Herrin des Universums, doch außerhalb ihres kleinen Territoriums. Sie erklärte - das sollte beiläufig klingen, aber Christian sah, daß sie sich nur mühsam beherrschte - von oben auf ihn herunter: »Ich habe ausgerechnet: Mit einer Kinderfrau stünde ich mich besser. Das käme mich erheblich günstiger, als dich hier mit durchzuziehen.« Sprachs und ging, schaffte es nicht, die Tür leise hinter sich zuzumachen. Tessa fing an zu weinen. Christian zog sie an sich, redete ihr beruhigend zu. Da saß er, das Kind auf dem Arm, und zählte die Stangen des Ställchens. Und dann noch einmal, um sich zu vergewissern, daß er sich nicht verzählt hatte: Es waren vier mal zweiundzwanzig.

Am liebsten hätte er sich mit Tessa an die Straße gestellt und wäre weggetrampt. Aber wohin? Außerdem regnete es. Es reichte gerade noch zu einer symbolischen Handlung:

Auf seinem Sparbuch waren 1300 Mark. Er löste es auf, legte 1000 auf den Küchentisch, beschwerte sie mit dem Briefbeschwerer, einem gläsernen Herzen, auf dem stand »Don't forget«. Den Rest behielt er als letzte Reserve.

Doro kassierte das Geld, nahm aber auf seine seelischen Befindlichkeiten keinerlei Rücksicht. Sie beschimpfte ihn, wie vorher schon einmal, nannte ihn einen Versager, einen Waschlappen. Er setzte ihren Attacken sein feindseliges Schweigen entgegen.

Der Faden riß an einem Abend im Februar. Christian hatte beim Einkaufen irgendetwas vergessen und wurde daraufhin von ihr belehrt, daß er ein Trottel sei, der ihr ohnehin längst auf den Geist gehe. Da war er ohne ein Wort zu sagen, aufgestanden, hatte ihr seinen Rotwein über ihr weißes T-Shirt gegossen, und bevor sie wieder Luft bekam, war er gegangen.

Eine Stunde lang lief er durch die Kälte. Schließlich landete er im »Bermuda Dreieck« in einer Kneipe. Sein fester Entschluß, sich zu betrinken, litt allerdings unter der Überlegung, daß es von Doro verdientes Geld war, das er sich anschickte, in Korn und Pils anzulegen.

Auch das Gespräch mit einem Taxikollegen, der schon mehr getrunken hatte als er, brachte keine Aufhellung seiner Gefühle:

»Fährste nicht mehr?«

»Nee.«

»Warum fährste nicht mehr?«

»Hab 'n Kind.«

»Hab ich auch. Aber ich kann nicht zu Hause rumsitzen. Woher soll der Schotter kommen?«

»Meine Freundin bringt die Kohle. Ich versorge das Kind.«

»Wär nix für mich. Was macht se denn?«

»Lehrerin.«

»Auch nicht schlecht.«

Als Christian die Wohnungstür aufschloß, kam ihm ein merkwürdig übler Geruch entgegen. Sein Zimmer konnte er gar nicht betreten. Doro hatte ihm einen Eimer voll Wasser in den Ofen gekippt. Das hatte der mit einer grandiosen Verpuffung beantwortet, einer unmittelbaren Verwandlung glühender Kohlen in aufsteigende Rußflocken, die sich unter der Decke, an den Wänden, auf dem Fußboden, dem

Bett, dem Tisch, den Büchern, den Schallplatten ablagerten und nach faulen Eiern rochen.

Christian machte die Zimmertür vorsichtig wieder zu - bloß nicht noch mehr Ruß herumwirbeln lassen - und lehnte sich mit der Stirn dagegen, um seine Gedanken wieder in eine geordnete Reihenfolge zu bringen. Dann schloß er die Tür ab und warf den Schlüssel in den Mülleimer. Er schlief, in eine Decke gewickelt, bei Tessa auf dem Fußboden.

Als Doro am nächsten Nachmittag aus der Schule kam, fand sie unter dem gläsernen Herzen auf dem Küchentisch einen Zettel: »Wir sind ausgezogen, wohnen bei meinen Eltern.«

Christian hatte diese Situation in seinen Gedanken schon so oft durchgespielt, daß sein und Tessas Abgang mit Bett, Karre, Wanne, den Sachen zum Anziehen und ihrem Spielzeug, in einem gemieteten Kleinbus wie das Ablaufen eines Uhrwerks vonstatten ging. Glücklicherweise hatte er seine Hemden, Pullover, Unterhosen im gemeinsamen Kleiderschrank auf dem Flur. Bücher und Schallplatten ließ er zurück.

Er weckte seine Eltern aus dem Mittagsschlaf. Sie reagierten entsprechend ungnädig. Wie lange der Herr Sohn denn dieses Mal bei ihnen Herberge nehmen wolle. Und jetzt auch noch mit dem Kind, das er ihnen bisher weitgehend vorenthalten habe. Nun aber - und wie alt er eigentlich sei.

Tessa auf seinem Arm fing an zu weinen.

»Das arme Kind!« rief die Mutter.

Tessa ließ sich von der Großmutter in Besitz nehmen, und die beschloß, dieses Kind trotz seines Vaters von Herzen zu lieben.

Doros Anruf war voller Empörung. Christian ließ sie reden, versicherte ihr, daß es Tessa gut gehe und legte auf. Bei ihrem nächsten Anruf erfuhr sie von Tessa persönlich, daß sie mit der Oma Kekse gekauft habe. Danach meldete Doro sich seltener, bis sie das Staatsexamen hinter sich hatte. Als das vorbei war, verlangte die Mutterliebe plötzlich wieder ungestüm nach ihrem Kind. Tessa war vormittags im Kindergarten, in der Babygruppe. Eines Mittags holte Doro sie dort ab, entführte sie nach Bochum, behielt sie dort. Christian machte ihr am Telefon Vorhaltungen, doch sie bedeutete ihm kühl, sie sei schließlich Tessas Mutter und durchaus in der Lage, ihr Kind selbst zu versorgen. Christian hatte Angst, sie werde ihm Tessa ganz entziehen und schaltete das Jungendamt ein. Nach ein paar unschönen Szenen dort, einigten sie sich darauf, daß Tessa bei Doro wohnen solle, am Wochenende aber Christians Tochter sei.

10

Seit der Rückehr zu seinen Eltern fuhr Christian wieder Taxi. Und wie seine Arbeit kam ihm sein Leben vor: Warten bis jemand einsteigt und sagt, wohin es geht. Fahren zu einem unbekannten Ziel, das sich doch wieder nur als eine in der Nähe eines längst bekannten Warteplatzes liegende Adresse herausstellt. Und dann das Spiel von vorn mit wechselnder Begleitung: Schweigsamer Fahrgast, bemühter Fahrgast: »Wie lange fahren Sie heute schon, und wie lange fahren Sie noch?« Fahrgast, der meint, ihn informieren zu müssen: »In Stuttgart schien heute morgen noch die Sonne.« Fahrten mit ledernen alten Damen, das Fahrgeld abgezählt im Täschchen, mit gut riechenden Frauen, die wieder ausstiegen, wenn er soweit war, sich für sie zu interessieren. Stehen im Stau am Nachmittag, Stottern von Ampel zu Ampel auf immer denselben Runden derselben Straßen derselben Stadt.

Schwester Inge kam mit der Spritze. Christian ließ sich zurücksinken in die Morphiumstunde, Traumstunde, Film-seines-Lebens-Stunde:

Mona, die eigentlich Ramona heißt, steht neben ihm in der St.-Georgs-Kapelle über Ornans. Das liegt an der Loue im französischen Jura; der Maler Courbet ist dort geboren. Mona kaut an ihren Haaren und sieht mit krauser Stirn das Wandbild an: Der heilige Soldat mit der großen Lanze über einem silberfischigen Drachenleib, der sich unter den Hufen seines tapferen Pferdes windet.

»Das soll ein Drachen sein? Sieht aus wie die Kufen von Georgs Schaukelpferd.«

Daneben die heilige Familie. Das Kind, - »Jesus?« - das einem Mann - »Josef?« - einen Rosenkranz aufsetzt oder vom

Kopf nimmt. Der Mann, der der Frau auf der Bank neben ihm - »Maria?« - eine Lilie gibt. Oder nimmt er sie ihr weg? Oder gibt sie sie ihm? Oder nimmt sie sie ihm weg?

»Da sollst du wissen, was in so Heiligen vor geht!«

Die Stühle in der Kapelle sind zum Sitzen zu niedrig, zum Knien nicht niedrig genug. Die rechte Andacht will sich nicht einstellen. Der Glockenstrang hängt so hoch, daß Christian nicht dran kommt, nicht einmal auf Zehenspitzen. Ein Hauch von Vergeblichkeit hängt in der gotischen Luft.

Aber die Landschaft! - »Als hätte ein Riese mit dem Finger drüber gewischt«, sagt Mona.

Vor der Hochebene der Einbruch in das Louetal. Ihnen gegenüber der Hang. Grün in grün in grün. Da weiden Kühe, braun-weiß, neugierig, und furchtsam, wenn man ihnen zu nahe kommt. Tiere mit Augen wie dunkles Glas, wie die Augen Monas.

Den Hang hinunter auf die Wiese. Löwenzahn, Wiesenschaumkraut, Butterblumen, Männertreu. Ihre Jeans sind gelb vom Blütenstaub, grün von zerdrückten Grashalmen, und lila wie Knabenkraut die Spur an Monas Hals.

»Under der linden
an der heide,
da unser zweier bette was,
da mugt ir finden
schone beide
gebrochen bluomen und gras...«

Monas Nase, blütenstaubbepudert. Das sieht lustig aus. Und im selben Atemzug überfällt Christian die Ahnung, daß das alles allsobald vorbei sein kann. Er dreht sich auf den Rücken, sieht einer Wolke in dem unverschämt blauen Himmel hinterher und wünscht sich, hier für immer liegen zu bleiben. Doch die Ameisen haben dafür gar kein Verständnis. Sie stören ein so langes Verweilen. Da stehen die beiden wieder auf, Christian wischt Mona den Blütenstaub aus dem Gesicht, und seine Hand zittert nur wenig. Sie gehen zurück in die Stadt, die keine Ahnung hat von Löwenzahn und Liebe.

Sie sitzen auf der Ufermauer und sehen in das Wasser der eiligen Loue.

»Fließe, fließe, lieber Fluß!
Nimmer werd' ich froh,

So verrauschte Scherz und Kuß
Und die Treue so.«
Christian starrt in das glasdunkle Wasser, Monas glasdunkle
Augen. Und es wird ihm bewußt, daß er aus lauter Zitaten
besteht. Dann fallen die Sprüche über ihn her, die besagen,
daß »*niemand zweimal in denselben Fluß...*«, und daß »*der
Fluß doch immer derselbe...*«
Und die Ameisen. Die sind wie der Fluß. Niemand wird
zweimal von derselben gebissen, und doch sind es immer
Ameisen.
»*Tandaradei*«.
Sie war mager wie eine Ziege. Christian hatte sie in
Tessas Kindergarten kennengelernt am Eltern-Arbeits-
wochenende. Da legten Väter Hand an, reparierten Zäune,
karrten Sand, gaben den Gruppenräumen einen neuen Anstrich.
Christian, auf einer Leiter, quälte sich damit, die Decke zu
weißen. Da stand sie unter ihm, sah zu ihm auf, lachte ihn
aus.
»Ihnen läuft ja die Farbe ins Hemd!«
So war es. Die Deckenfarbe lief ihm an seinem hoch-
gereckten Arm hinab in den Ärmel, hatte schon die Achsel
erreicht.
»Kommen Sie runter, ich zeige Ihnen, wie man das macht,
ohne daß man hinterher baden muß.«
Nun stand sie oben, und er ließ sich vormachen, wie man
eine Decke streicht. Jetzt sah er zu ihr auf. Ihr Rock war
ganz kurz.
Mona war Putzfrau im Kindergarten, kam aber auch tagsüber, zeigte den Kindern wie man aus Knete Figuren macht.
Dienstagsabends gab sie »Töpfern für Eltern«. Christian war
fasziniert von ihren Händen, wie die mit dem Material um-
gingen, aus einem Tonkloß eine Schale formten, wieder zu-
sammenklumpten und einen Drachen kneteten. Dem steckte sie ihre Zigarette ins Maul.
»Drachen sind Feuerspeier.«
Mona stotterte ein bißchen, hatte harte Zeiten hinter sich,
eine lange Karriere als Heimkind, Junkie, Straßenstricherin,
hielt sich mit Putzen und Töpfern über Wasser. Mit ihr ergab
sich, Christian konnte gar nicht sagen wie es dazu gekommen war, eine Beziehung.

Für ihn war es spannend, nach Rosa wieder mit einer Frau zusammenzusein, die kein Englisch konnte, für die moderne Literatur, Humanismus, Aufklärung überhaupt keine Begriffe waren, eine Frau, die seine Gedicht-Zitate nirgends unterzubringen wußte, die Namen, die er beiläufig erwähnte, nicht kannte, die aber immer wissen wollte, was sich hinter dem Begriff, dem Gedicht, dem Namen verbarg.

Dagegen führte sie ihn in eine Welt ein, für die er keine Kategorien hatte. Aus der Zeit ihrer Arbeit als Hure kannte sie Spiele, die Christian im Traum nicht eingefallen wären, dachte sich immer wieder etwas Neues aus. Und Christian staunte, wie es funktionierte. Sie war eine begabte Fesselkünstlerin, führte sich gerne vor. So sah er an manchen Abenden nur zu. Sie gab ausgedehnte Striptease-Vorstellungen allein für ihn, die ihn, weil sie so dünn war, immer auch in der Seele rührten.

Im Frühsommer fuhren sie per Anhalter mit Rucksack und Zelt nach Frankreich. Durchs Elsaß, die Vogesen, in den Jura. Sie besuchten die Stadt Besançon und das Städtchen Ornans, wanderten das Loue-Tal aufwärts bis zur Quelle.

Mona wäre bei dem schönen Wetter gerne noch in der Gegend geblieben, aber Christian drängte weiter. Er wollte ins Burgund, nach Dijon. Es war nicht so sehr die Stadt, die ihn reizte, sondern die Schwarze Madonna in der Eglise Notre Dame: »Unsere liebe Frau von der guten Hoffnung«. Eine romanische Figur aus Eichenholz.

»Wegen einer Holzfigur!« - Mona fand Christians Wunsch »irgendwie daneben«. Ohnehin habe sie keinerlei Veranlassung, sich Kirchen auch noch von innen anzusehen.

Aber einmal in Dijon angekommen, gefiel ihr die Stadt ausnehmend gut, und sie hatte nichts dagegen, allein loszuziehen. In der Rue Musette vor dem Kirchenportal trennten sie sich.

»Du kannst mich in dieser Straße suchen«, sagte Mona, »in irgendeinem Töpferladen wirst du mich schon finden.«

Christian betrat die Kirche, und nach einigem Herumsehen fand er die Madonna in einer kleinen Kapelle rechts neben dem Chor. Da saß sie, breitbeinig wie ein Marktfrau in einem blauen Kleid. Eine Figur, die mit ihren hängenden Brüsten und einem durch Falten im Kleid noch betonten, vorstehenden Bauch jedem weiblichen Schönheitsideal

Hohn sprach. Und doch, es ging ein Zauber von ihr aus, dem Christian sich je länger je weniger entziehen konnte.

Ein weißer Umhang, auf dem Kopf von einem Stirnreif festgehalten, umrahmte ihr Gesicht und legte sich auf Schultern und Arme. Ihre Hände, die sich früheren Besuchern einmal offen entgegengestreckt hatten, fehlten. Nur noch die Armstümpfe lagen aufgestützt auf den Knien.

Ihr langes Gesicht war das Gesicht einer goldfarbenen Maske. Darin Augen vom Blau ihres Kleides. Die füllten die ganze Pupille aus. Rätselhaft kühl und unpersönlich, und unbewegt von so viel Gewirr und Gefühl ringsum, sahen sie Christian entgegen.

Trotz ihrer farbigen Kleidung war die Madonna schwarz; eine Schwärze, die von innen kam, durchschimmerte, als ob Uraltes unter Altem verborgen, sich nicht gänzlich verbergen ließe. Wie eine andere Geschichte unter der Geschichte, hinter ihr, ihr nahe, wie eine Ahnung von der Großen Mutter hinter der Mutter Maria.

»Ave Maria«, sagte Christian, nachdem er eine Kerze anund aufgesteckt hatte.

»Salve Christian«, antwortete die Madonna in französisch gefärbtem Latein.

»Bist du allein? Wo ist deine Freundin?«

»Mona macht sich nichts aus Kirchen. Sie sagt, sie bekommt keine Luft in dieser Mischung aus Weihrauch und Halbdunkel. Und sie kann auch das Gewese nicht verstehen, sagt sie, das die Männer um die Frauen machen. Schon gar nicht um solche aus Holz.«

»Vielleicht hat sie recht.«

Die Madonna lächelte. Christian sah sie an, und als er sie lächeln sah, vergaß er die anderen Besucher, war allein mit der großen Mutter.

»Du bist alt«, sagte er.

»Elftes Jahrhundert«, antwortete sie. »So steht es im Michelin. Mir scheint das etwas kurzgegriffen. Die Kunsthistoriker sind sich nicht einig, woher ich eigentlich komme. Die einen bringen mich mit gallo-romanischen Statuen von Kybele und Isis in Verbindung. Andere sehen mich in der germanisch-keltischen Tradition der ›guten Hexe‹. Man, will sagen frau, kann gespannt sein, wer und wie alt ich bin und was die Experten sonst noch über mich zutage fördern.«

»Andererseits«, sagte Christian, »siehst du merkwürdig jung aus. Du könntest geradezu als modern gelten.«

»Weißt du, Christian«, sagte die Madonna, »von einem gewissen Alter an spielt das Alter keine Rolle mehr.«

»Zweimal hast du Dijon vor der Zerstörung bewahrt?«

»1513 und 1944. Im September 1513 waren es die Schweizer die die Stadt belagerten, im September 1944 die Deutschen, die sie besetzt hielten. Beide Male stand es auf Messers Schneide. Jeweils neun Tage lang haben die Bewohner mir in den Ohren gelegen. Und was sie mir alles versprochen haben für den Fall der Rettung! Ganz schwarz bin ich davon geworden. Aber sollte ich nicht Mitleid haben mit der Stadt und den vielen Menschen darin und so vielen Tieren?

Am 11. September 1513 sind die schweizer und am 11. September 1944 die deutschen Soldaten abmarschiert, ohne daß ein Schuß gefallen wäre. Nach der Rettung bekam ich einen Bildteppich geschenkt. Der alte hängt im Musée des Beaux Arts, der neue rechts von dir an der Wand. Und dann hat man mich wieder frisch gestrichen, zuletzt 1964. Doch ich dunkele schon wieder nach. - Aber was siehst du mich so an? Glaubst du mir nicht?«

»Der 11. September ist mein Geburtstag«, sagte Christian.

»Ein schönes Datum, um gerettet zu werden.«

»Wer sollte mich schon retten, und wovor? Weder werde ich belagert noch besetzt gehalten. Mein Problem ist ein ganz anderes.«

»Und?«

»Ich fahre Taxi.«

»Das weiß ich.«

»Ich fahre immer im Kreis«, sagte Christian. »Ich funktioniere wie ein Goldhamster in seinem Rad, der läuft und läuft, immer in Bewegung ist, und nicht von der Stelle kommt. Und ich habe Angst, daß die Bewegung aufhört. Weil - dann ist gar nichts mehr da, nicht mal das sinnlose Gestrampel.«

Christian sah zur Madonna auf. Ihr goldglänzendes Gesicht zeigte keine Bewegung.

»Ich werde dir eine Krankheit schenken«, sagte sie, »zu deinem nächsten Geburtstag.«

Eine Hand legte sich Christian auf die Schulter. Mona stand neben ihm.

»Komm mit nach draußen. An der Kirchenwand sitzt eine kleine Eule aus Stein. Wer die mit der Hand streichelt, kann sich was wünschen. Du mußt aber die linke Hand nehmen. Mit rechts funktioniert das nicht.«

»Hat die Madonna dir die Krankheit geschickt?« fragte Julia.

»Wie versprochen. Eine Gelbsucht. Zu meinem Geburtstag.«

»Und wie bist du daran geraten? - Jetzt mal abgesehen von dem Versprechen einer französichen Heiligenfigur.«

»Mona hat sie mir vererbt. Eine satte Hepatitis B. Und Mona ist in einem Akt der Nächstenliebe daran geraten.«

»Wird die so übertragen?

»Mona hat damals versucht, den Realschulabschluß zu machen. Auf der Abendschule. In ihrer Klasse war so ein armer Junge. Krebskrank, Totalglatze, da war so etwas noch nicht in Mode. Er hatte mehrere Chemotherapie-Orgien hinter sich und ist dann auch bald gestorben. Mona hat sich seiner angenommen. Ja, so muß man das nennen: Sie nahm sich seiner an. Sie haben zusammen gelernt und gequatscht. Und als er einmal Vertrauen zu ihr gefaßt hatte, hat er ihr sein Lebensleid geklagt: Er war noch nie mit einer Frau zusammen, und er hatte Angst zu sterben als ein Mann, der nicht ein einziges Mal ein Mann gewesen war, also gar nichts. Da hat sie mit ihm geschlafen. Als Geschenk. Das war einfach gut gemeint von ihr. Für ihn war es das Geschenk des Lebens.

Was Mona nicht wußte: Dieser junge Mann hatte eine chronische Hepatitis. Und die hatte Mona dann auch. Sie kam ins Krankenhaus, und lange Zeit stand es kritisch. Sie hatte, wie man so sagt, nichts zuzusetzen.«

»Und du?«, fragte Julia.

»Was die Madonna verspricht, das hält sie«, sagte Christian. »Mona lag noch im Krankenhaus, da war ich dran. Ich bin aber nicht in die Klinik gegangen, sondern bei meinen Eltern geblieben. Für mich war es nicht einfach eine Krankheit, bei der man im Bett liegt, die so und so lange dauert und auszukuren ist. Für mich war es wie Schwimmen. Nein, nicht wie Schwimmen, da tut man ja was. Es war Liegen in einem Teich voll Entengrütze. Das Wasser grünlich, brackig. Und der Himmel über dir von der Farbe des

Wassers, in dem du liegst. Kein Windhauch, keine Bewegung, weder im Wasser noch am Himmel, noch bei dir. Das einzige, was dich am Leben hält, ist die Angst, du könntest einschlafen, den Kopf in die Brühe hängen lassen, ertrinken, ersticken.

Nach zwei Monaten fing es ganz langsam an, besser zu gehen. So, wie die Nacht zu Ende geht und du siehst etwas Helles am Himmel. Zuerst nur wie eine Ahnung und dann immer mehr. Es kam der Tag, da entdeckte ich, daß ich wieder Konturen ausmachen konnte. Und da verlor sich meine Angst vor dem Ertrinken. Ich war nur noch erschöpft, kraftlos, aber ich war nicht mehr nur Teil meiner Krankheit.

Im Dezember schließlich konnte ich die Gelbsucht als Geschenk der Madonna begreifen, als verordnete Ruhepause nach all dem Durcheinander der letzten Jahre. Dieser Gedanke ist mir aber erst sehr langsam in den Kopf gekommen. Und dann habe ich gemerkt, wie sich meine Wünsche klärten. Ich wollte wieder gesund werden. Ich wollte wieder mit Tessa spielen. Die hatte ich während meiner Krankheit nur einmal gesehen, und nur von fern. Sie war drei Jahre alt und guckte ganz ernst. Und ich habe ganz ernst zurückgeguckt.

Nach drei Monaten habe ich meinen Vater umarmt. Wir hatten ja eigentlich ein sehr gespanntes Verhältnis miteinander. Ich habe ihn in die Arme genommen, gedrückt und gemerkt, wie sehr er sich gefreut hat. Und am Sonntag vor Weihnachten saß ich zum ersten Mal wieder an der Orgel: ›*Die Nacht ist vorgedrungen, der Tag ist nicht mehr fern…*‹«

»Da war doch aber noch Mona!«

»Wir haben die Krankheit als Paar nicht überstanden. Wir haben uns zum ersten Mal nach Weihnachten wiedergesehen, zwei hohläugige Gespenster. Zwei Menschen, die sich mühsam daran erinnerten, daß sie in einem früheren Leben einmal zusammengewesen waren. Wir sahen uns, freuten uns, daß wir es hinter uns hatten, wußten aber miteinander nichts anzufangen.«

»Schade!« - Julia stand auf und ging zum Waschbecken, besah sich ihr Gesicht im Spiegel. »Hast du ein Bild von Mona?« fragte sie, während sie vorsichtig den Anflug eines Pickels am Kinn abtastete.

»Ich habe nur Bilder von meinen Töchtern«, sagte Christian. »Das letzte von dir ist auch schon fünf Jahre alt.«

»Wenn du ein neues brauchst kann ich Jochen bitten, eines zu machen. Aber da muß zuerst der Pickel abgeheilt sein.« Julia kam zurück und setzte sich wieder ans Bett. »Aber wir waren mit Mona noch nicht fertig. Hast du sie danach noch einmal wiedergesehen?«

»Ja, sicher«, sagte Christian. »In einer Stadt mit einer Szene wie dieser hier kann man nicht total aneinander vorbeilaufen. Aber mit Mona ist das noch anders gewesen. Es ist uns nämlich gelungen - und es ist das einzige Mal, daß mir das gelungen ist - aus einer Beziehung eine Art freundschaftliche Zusammenarbeit werden zu lassen. Das ging nicht gleich. Zuerst war eine lange Pause. Dann tat Mona sich mit ein paar kreativen Leuten zusammen. Die mieteten einen großen Laden mit Werkstatt. Aus dem Laden machten sie ein Kulturcafé mit Ausstellungen und Lesungen. Mona hat getöpfert, Kurse angeboten, ihre Sachen im Café verkauft. Ich wurde der Mensch für die Öffentlichkeitsarbeit.«

11

Julia hatte die Wochen-Umschau mitgebracht. Christian nahm das Heft, sah es an wie von fern: Das grüne Emblem mit der weißen Aufschrift »kmd«, Kirchlicher Mediendienst. Das Inhaltsverzeichnis. Die drei wichtigsten Meldungen: »Die Heilsgeschichte in Bildern«, »Aufruf zur Mitmenschlichkeit«, »Kirche pflanzt Apfelbäumchen«.

Christian schlug das Heft auf. In der Mitte die gelben Seiten Regionales. Hier ging es ums Revier. Er roch heimatliche Druckerschwärze. An den gelben Seiten hatte er jahrelang mitgearbeitet, aus dem Abseits seiner Solo-Redaktion. Ein Abseits, damals noch ein »sicherer Ort«, noch nicht gefährdet durch die jetzt überall lauernden Zusammenlegungen. Die achtziger Jahre waren nicht die neunziger, die Kirchenaustritte hatten noch nicht auf den Personalbestand durchgeschlagen. Der Ruf zum Sparen ein jedes Jahr gern gehörter Zwischenruf ohne Folgen.

Aber jetzt?

Der Gedanke belustigte ihn, daß sein »Ableben« keine »schmerzliche Lücke« hinterlassen würde. Sein Arbeitsplatz würde von der Kollegin, die ihn jetzt schon kommissarisch betreute, ganz mit übernommen werden. Und die Kirche könnte seiner »in tiefer Dankbarkeit gedenken«, räumte er doch, nachdem er ihr in treuer Aufsässigkeit gedient hatte, zur rechten Stunde den Platz, den sie sich soli deo gloria ohnehin nicht mehr leisten zu können glaubte.

»Wie bist du eigentlich zum Journalismus gekommen?« fragte Julia. »Auf der Uni hast du damit nichts am Hut gehabt, und der Wechsel vom Taxisitz auf einen Redaktionssessel ist auch vergleichswiese unüblich.«

»Ermöglicht hat es die Schwarze Madonna«, sagte Christian, »und begonnen hat es mit einem Brief von Pastor Schubert im Frühjahr nach meiner Gelbsucht.«

Auf dem Umschlag stand: »Für Christian«. Er fand ihn im Briefkasten zusammen mit dem Gemeindeblatt, als er von der Arbeit nach Hause kam. Auf der Rückseite: »Ob das nicht etwas für Dich ist? Und gottbefohlen, Dein alter Pastor.«

Christian dachte daran, wie er und sein »alter Pastor« sich im Konfirmanden- und Religionsunterricht das Leben gegenseitig schwer gemacht hatten, wie froh Pastor Schubert gewesen war, als Christian sich entschloß, Theologie zu studieren. Und wie »betroffen« er reagierte, als Christian das Studium abbrach und als lediger Taxifahrer mit kleiner Tochter zu seinen Eltern zog. Ein gewisser Trost war ihm Christians sonntägliches Orgelspielen, das Christian nach und nach ganz von seinem Vater übernommen hatte, so daß nicht mehr er seinen Vater vertrat, wenn Not am Organisten war, sondern sein Vater ihn.

»Wenn einer«, sagte Pastor Schubert, »sich jeden Sonntag unter das Wort begibt, kann er nicht völlig vom Glauben abgefallen sein.« Christians Vater hatte sich dazu nicht geäußert. Ihm war klar, daß sein Sohn sich sonntags nicht »unter das Wort«, sondern auf die Orgelbank begab.

Mit dem Briefkastenschlüssel hakte Christian den Brief auf. Da hatte er einen gelben Prospekt in der Hand, fünffach gefaltet. Auf der Titelseite, eingeklemmt in drei Quadrate, stand »CJA«, Christliche Journalisten Akademie. Und es ging um einen »Lehrgang für den journalistischen Nachwuchs« im April in Eßlingen.

Christian schloß die Haustür auf, legte den Gemeindebrief auf die Kommode im Flur, ging in die Küche, warf die Kaffeemaschine an und setzte sich an das geblümte Wachstuch des Küchentischs.

»Journalismus«, hieß es in dem Prospekt, »ist kein Beruf im üblichen Sinne, sondern eine Existenz besonderer Art«, für dessen Vor- und Ausbildung eine Norm zu finden noch nicht gelungen sei. Hier sehe die CJA eine Aufgabe. Ihre Lehrgänge »führen in die Strukturen, Methoden und ethischen Probleme des Journalismus ein, wollen Begabungen feststellen und den Nachwuchs fördern.« Und: Seit 1950 hätten mehr als 500 junge Menschen an den Lehrgängen teilgenommen, von denen viele inzwischen in führenden Positionen der Publizistik tätig seien.

»Eine Existenz besonderer Art.« Seit seiner Mitarbeit in der Schülerzeitung hatte Christian sich nicht mehr öffentlich geäußert. Anmeldeschluß in zweieinhalb Wochen.

Christian ließ zwei Wochen verstreichen. Dann hatte er es plötzlich eilig. Er rief in der CJA-Geschäftsstelle an, verlangte Frau Dr. Fuchs zu sprechen. Die sei auf Dienstreise. Bei wem er sich denn dann für den Journalistenkurs anmelden könne.

»Bei mir«, sagte die Sekretärin, »aber der Kurs ist besetzt«.

»Er ist aber wichtig für mich.«

»Ich setze Sie auf die Warteliste.«

Am nächsten Tag rief er wieder an. Veronika Fuchs hörte ihm freundlich zu. Er machte seinen Fall dringend. Sie konnte nichts versprechen.

Beim fünften Anruf sagte sie: »Sie nerven.« Er bat, das nicht persönlich zu nehmen, für ihn hinge einiges von der Teilnahme ab, gewissermaßen seine »Existenz«.

»Es ist aber nicht so, daß Sie nach dem Lehrgang unmittelbar auf den Chefsessel der FAZ landen.«

»Um Himmels willen«, sagte Christian. »Ich bin, glaube ich, immer noch Mitglied im SDS.«

»Studiert haben Sie auch?«

»Theologie und Literaturwissenschaft.«

»Mit welchem Abschluß?«

»Ich fahre Taxi«, sagte Christian.

Als er am nächsten Tag wieder anrief, hatte sie eine »frohe Botschaft« für ihn. Eine Teilnehmerin habe abgesagt, er sei »fest notiert« und brauche nun nicht mehr jeden Tag anzurufen.

Dreieinhalb Wochen später traf Christian in Eßlingen ein.

»Bringen Sie bitte Schreibmaschine, Konzeptpapier, Leimtopf, Schere und Lineal mit«, stand im Prospekt. Christian hatte all das bei sich, wenn auch anstelle eines Leimtopfes einen weniger aufwendigen Klebestift.

Im Tagungshaus sah er sich unter lauter wichtige Leute geraten. Junge Menschen, die wußten was sie wert waren. Ihr energischer Schritt, wenn sie durch die Halle gingen, die Art, wie sie den Kopf nach hinten warfen, offenbarte sie als auserkoren zu dieser »Existenz besonderer Art«, die den Journalismus aus anderen Möglichkeiten, sein Brot zu verdienen, heraushebt. Eine ganze Reihe von ihnen arbeitete bereits in öffentlichkeitsrelevanten Berufen, oder wurde darin ausgebildet. Was Christian anzubieten hatte, waren ein abgebrochenes Studium, eine mehrjährige Taxifahrerpraxis und ein Hilfsorganistenjob.

Die Frau am Anmeldetisch gefiel ihm. Da saß sie, ruhend in sich selbst, sah aus, wie Mütter Christians Meinung nach auszusehen haben, und ließ die jungen, erfolgsorientierten Menschen sich anmelden.

»Ach, Sie sind das!« sagte Sie, als Christian an der Reihe war. »Ich habe mich schon gefragt, wie der aussieht, der so beharrlich seine Teilnahme an diesem Lehrgang reklamiert hat«.

»Guten Tag, Frau Dr. Fuchs«, sagte Christian.

Für ihn tat sich mit diesem Kurs eine schöne neue Welt auf. Die Recherchen, in der Regel »vor Ort«, hatten nichts zu tun mit der skrupulösen Fliegenbeinzählerei seiner Seminararbeiten im Studium. »Fußnote« war hier ein Fremdwort.

Es ging um konfessionelle und kommunale Kindergärten in Eßlingen: Christian, sonst eher schüchtern, entdeckte, wie er, unter der Aufgabe, einen Bericht schreiben zu müssen, offensiv daran ging, Informationen einzuholen, ohne Skrupel nachzuhaken, bis er wußte, was er wissen mußte. Und er stellte fest, daß es ihm gar nicht schwer fiel, das Recherchierte unmittelbar und unter erheblichem Zeitdruck - »wie in der Praxis auch« - in einen Bericht umzusetzen. Und das auf seiner kleinen Reiseschreibmaschine, die auf dem Tisch, an dem er arbeitete, an andere kleine Reiseschreibmaschinen stieß, in einem Raum, in dem ein Dutzend Leute herumliefen und miteinander redeten. Es war ein Spiel, und es machte ihm Spaß mitzuspielen.

Zu den Spielregeln gehörte auch, daß ein noch so schön formulierter Kommentar seine Grenze dort findet, wo das Blatt zu Ende ist, daß dreiundzwanzig Zeilen vielleicht zweiundzwanzig, aber keinesfalls fünfundzwanzig sind, daß Lineal, Schere und Klebstoff einen Text soweit zu ändern vermögen, daß er genau in den vorhandenen Raum paßt, und daß der Satz: »Kann ich mal eben deine Schere haben?« hieß, er hatte keine mehr. Christian erfuhr, daß Zahlen von eins bis zwölf immer auszuschreiben sind, die ab dreizehn aber nie, und daß ein Journalist auf der Spur einer story, auch einmal einen ganzen Tag lang ohne zu essen auskommen müsse.

»Aber nicht ohne seinen Flachmann«, flüsterte die Frau neben Christian. Sie volontierte in der Redaktion des Vortragenden.

Über allem thronte Veronika Fuchs, den Kurs fest unter ihrer mütterlichen Aufsicht. Ihr entging nichts. Vom zweiten Tag an kannte sie alle Namen, zeigte sich über Stärken und Schwächen einzelner Teilnehmer genau informiert.

»Ich soll Sie ja vielleicht einmal an eine Redaktion vermitteln. Da muß ich schon wissen, was mit Ihnen los ist«, erklärte sie freundlich.

»Die sitzt da wie eine Glucke auf ihren Eiern, und die Eier sind wir«, meinte jemand in der Gruppe, mit der Christian nach dem Mittagessen durch den Wald ging.

»Also mir kommt sie vor wie die ›Mutter der Kompanie‹«, erklärte ein anderer. »Was meinst du, Christian?«

»Ich denke weder in landwirtschaftlichen noch in militärischen Kategorien«, antwortete der. Ihm war Schillers »Glocke« in den Sinn gekommen:

»Und herrschet weise
Im häuslichen Kreise,
Und lehret die Mädchen
Und wehret den Knaben...«

Doch dieser Zusammenhang war den anderen - »bei aller Achtung vor den deutschen Klassikern« - zu familiär.

Höhepunkt des Lehrgangs war das ganztägige Spiel: »Zeitungsredaktion«, vom Eingang der ersten Meldung bis zum fertigen Blatt. Christian war nicht schnell genug, sich in der Politik oder im Feuilleton unterzubringen. Er kaute die ganze Zeit an dem Satz von Franz Kafka herum, daß man das Matrosenleben nicht durch Übungen in einer Pfütze lerne. So bekam er die Sportredaktion zugeteilt. Die wollte niemand haben. Er maulte, von Sport habe er keine Ahnung. Doch Veronika Fuchs fand gerade das positiv.

»Machen Sie das mal, Christian. Da sehen Sie, wie schnell Sie sich in ein fremdes Gebiet einarbeiten können.«

Derart herausgefordert berichtete seine Ein-Mann-Redaktion in der »Einsamkeit des Torwarts beim Elfmeter« über die Spiele der Woche, stellte Mannschaften auf, kritisierte Trainer, versicherte, daß sowohl die Bundesrepublik wie auch England dem zweiten Halbfinalspiel der europäischen Fußballpokalsieger mit großer Spannung entgegensähen, wußte zu berichten, daß die Leipziger Hallenhandballerinnen nach dem Sieg über Dukla Prag nun nach dem »double« griffen - was auch immer das war - und brach die vierte Partie der Schachweltmeisterschaft zwischen zwei russischen Spielern vorzeitig ab. Die ersten drei hatte er mit Remis enden lassen.

Die Sportseite, und selbst Christians Umgang mit Fans («...dann wendet euch gefälligst gleich an die Geschäftsstelle von Borussia!«), wurden von der Kritik - unter den Begutachtern war kein Sportredakteur - wohlwollend aufgenommen.

»Ich hoffe, wir sehen uns einmal wieder«, sagte Veronika Fuchs, als er sich von ihr verabschiedete. Und: »Sie können sich auf mich berufen, wenn Sie eine Referenz brauchen.« - Was aber anfangen mit den neuen Fähigkeiten?

»Das eigentliche Problem war, daß ich nicht in diese Welt reinwollte, diese Berufswelt mit ihren kleinen Hierarchien, Reglements, mit ihren Hindernissen und Langweiligkeiten. Ich hätte, wenn ich mit dem Studium zum Abschluß gekommen wäre, Lehrer werden können oder Pastor...«

»Das bist du ja, wie wir beide wissen, nicht geworden«, sagte Julia.

»Das habe ich auch nie bedauert.«

»Und bei der Zeitung? Hat es da diese kleinen Hierarchien und Reglements nicht gegeben?«

Christian lachte.

»Vom Regen, dem ich ausgewichen war, kam ich in die Traufe. Nur, daß ich mich mit dem Job gar nicht erst identifiziert habe. Ich war wie ein Hund, der tagsüber begossen wird, sich abends kräftig schüttelt, noch mal eben sein Bein hebt und dann als freier Köter die Stätte seines Wirkens verläßt.«

»Und wie bist du zu dieser ›Stätte deines Wirkens‹ gekommen? Zeitlich gesehen befinden wir uns noch beim erfolgreichen Abschluß deines Eßlinger Kurses.«

»Mein Vater«, sagte Christian, »hat ein besonderes Verhältnis zu den Schülern seiner ersten Klassen gehabt. Zu denen gehörte einer, der war Journalist geworden und inzwischen Ressortleiter bei einer der Zeitungen, die mit ihren verschiedenen Lokalausgaben das Revier bedienen. Dem hat er auf einem Klassentreffen sein Leid mit seinem Sohn geklagt: Abgebrochenes Studium, Taxifahrer, einer, der am liebsten mit seinem kleinen Kind rumalbert. Nun aber sei er, ganz stolz auf seine neu entdeckten Fähigkeiten, von einem Kurs für angehende Journalisten zurückgekommen, wüßte aber nicht, wie es weiter gehen solle, bräuchte einen Ort, wo er sich entsprechend ausprobieren könne.

Dieser Mensch - ich kannte den ja auch noch von der Schule, vier Klassen über mir - lud mich zu einem Gespräch. Er war ganz scharf drauf, alles über den Kurs in Eßlingen zu erfahren. Dann hat er sich, nach Rückversicherung in seiner Chefetage, bei Veronika Fuchs erkundigt. Und ich bekam die Nachricht, daß man mich trotz meines hohen Alters in einer Lokalredaktion als Volontär einstellen wollte. Das war der Beginn meiner printmedialen journalistischen Karriere.«

»Guten Tag«, sagte Christian.

Der Mann sah von seinem viel zu vollen Schreibtisch auf. Seine rechte Gesichtshälfte zuckte. Christian wurde an das Zucken im Gesicht von Humphrey Bogart als Philipp Marlowe in »Deep Sleep« erinnert. Nur daß dessen Schreibtisch immer leer war.

»Was kann ich für Sie tun?«

»Ich heiße Droste«, sagte Christian.

Das Gesicht des Mannes hellte sich auf, doch zu einem

Lächeln - Christian mußte wieder an Humphrey Bogart denken - reichte es nicht

»Willkommen im Club der Lokalmatadore«, sagte der Mann. »Ich bin Herbert Banz.« Er stand auf, gab Christian die Hand.

»Da ist Ihr Tisch. Da können Sie sich schon mal hinsetzen.« Er zeigte auf einen alten Metallschreibtisch an der Wand, vollgestapelt mit Zeitungen.

»Bis vor zwei Monaten hat da Kollege Baumann gesessen. Der ist jetzt in Düsseldorf. NRW-Landespolitik. Komisch«, sagte er, »das muß am Tisch liegen. Die an dem arbeiten, sind alle nicht lange geblieben. Baumann nur ein knappes Jahr.

Nur Göldner in seinem Büro da hinten und ich hier vorne am Fenster, wir beiden waren immer schon da, tragen längst Schwielen an unserem lokalen Hintern. Dafür wissen wir aber, wann der Bürgermeister Geburtstag hat, daß die FDP-Ortsvorsitzende Gedichte schreibt, und daß der Frau Kaminski in der Essener Straße die Katze weggelaufen ist, nicht die schwarze mit den weißen Pfoten, sondern die grau getigerte.«

Das Telefon klingelte.

»Neben der Tür zum Chef-Büro ist der Kleiderständer für Ihren Mantel. Was auf Ihrem Schreibtisch liegt, kann in die Kiste neben der Tür. Die wird jeden Tag geleert.«

Er nahm den Hörer ab: »Banz, Lokalredaktion.«

Christian zog den Mantel aus und räumte seinen neuen Schreibtisch auf. Unter den Zeitungen fand er ein Telefon und eine Schreibmaschine, darin eingespannt ein Blatt, am oberen Rand stark zerknittert. Christian drehte es weiter heraus: »Meiner Nachfolgerin, meinem Nachfolger viel Spaß bei der Arbeit!«

Christian setzte sich und tippte darunter: »Christian Droste, Lokalredaktion.« Er zog das Blatt aus der Maschine, zerknüllte es und warf es zu den Zeitungen in die Kiste neben der Tür.

Sein Schreibtisch hatte links drei leere Schubläden. Rechts oben das flache Fach für Bleistifte, Kugelschreiber, Kleinkram, zur Zeit bewohnt von zwei Büroklammern. Das große Fach darunter hatte keinen Boden aber eine Einrichtung für Hängeordner. Christian sah zu Banz hinüber.

»Wozu ist das denn?«

»Das ist für eine Hängeregistratur.«

»Und wozu braucht man die?«

»Zum Überleben.«

Herbert Banz zog das Fach an seinem eigenen Schreibtisch auf. Es war voll.

»Wenn Sie nicht doof sind«, sagte er, »notieren Sie von Anfang an die Artikel, die Sie redigiert, und vor allem, die Sie geschrieben haben und heften Sie sie da ab. Und zwar geht es um die Anzahl der Zeilen. Wichtig ist das vor allem bei den Parteien. Wenn sich irgendwann die CDU beschwert, und das tut sie bestimmt irgendwann, sie komme bei uns zu wenig vor, und daß das vermutlich Absicht sei und daß man sich frage... - dann mußt du in der Lage sein nachzuweisen, und zwar zeilenmäßig, daß sie im letzten halben Jahr exakt entsprechend dem Parteienproporz im Stadtrat bedient worden ist. Das gilt cum grano salis auch für die beiden großen Kirchen. Kaufhäuser und Geschäfte sind nach Häufigkeit und Größe ihrer Anzeigen zu berücksichtigen. Das alles erfordert eine penible Registrierung. Sonst kommst du in Teufels Küche. Denn, machen wir uns nichts vor, wenn es hart kommt, sind wir schuld. Wir können die Schuld nämlich nicht weiter nach unten abgeben. Unten sitzen wir selber.«

»Na Humphrey, wieder am raisonnieren?« Ein dicker Mann war hereingekommen.

»Ich habe unserem neuen Kollegen nur die Hängeregistratur erklärt«, sagte Banz.

»Göldner«, sagte der Dicke und gab Christian die Hand. »Freut mich, daß wir wieder zu dritt sind.« Er zog seinen Mantel aus und ließ sich vorsichtig auf einem Schreibtischstuhl gegenüber von Banz nieder. Der Stuhl ächzte.

»Irgendwann bricht das Ding noch mal zusammen«, sagte Göldner.

»Und das wird bald sein«, sagte Banz.

Aber der Stuhl brach nicht zusammen. Wenigstens nicht, solange Christian zu der Redaktion gehörte. Das dauerte immerhin vier Jahre.

»Ich muß noch mal ins Rathaus.« Banz ging nach hinten und kam in einem hellen Trenchcoat zurück, den Kragen halb hochgeschlagen, auf dem Kopf einen Hut wie Humphrey Bogart ihn getragen hatte. Als er draußen war, fragte

Christian: »Haben Sie Herrn Banz eben ›Humphrey‹ genannt?«

»Sieht er etwa nicht so aus? Sie müssen ihn sehen, wenn er sich eine Zigarette ansteckt. Sogar seine Figur hat er.«

Göldner sah bedauernd an seinem großen Bauch abwärts.

»Irgend einen Tick braucht jeder, um hier im Lokalen zu überleben.«

»Haben Sie auch einen?«

»Ich heiße, wenn das ein Tick ist, Göldner«, sagte Göldner, »nur Göldner. Ich habe, außer auf meinem Ausweis, keinen Vornamen. - Und was haben Sie bisher gemacht?«

»Ich bin Taxi gefahren.«

»Dann sind Sie für Verkehr zuständig: Bushaltestellen, Schlaglöcher, Radwege, Verstopfung der Innenstadt, Parkplätze, Politessen. - Aber Sie sind doch nicht immer Taxi gefahren.«

»Vorher habe ich studiert, aber ohne Abschluß, Theologie und Germanistik.«

Göldner pfiff durch die Zähne.

»›Theologie‹ sagten Sie? Das bedeutet, daß Sie sich noch in dieser Woche bei Superintendent Terboven und Dechant Wieshövel vostellen: Unser neuer Mann - Sie können ruhig sagen: ›Redakteur‹ - für Kirchenfragen. Man muß behutsam mit den geistlichen Herren umgehen. Die sind immer bereit, beleidigt zu sein. Und« - er seufzte - »Humphrey und ich, eingefleischte Atheisten, haben für die einfach nicht das richtige Händchen. Haben Sie sonst noch Qualitäten?«

»Ich war alleinerziehender Vater.«

»Heutige Väter«, sagte Göldner, »gehört zu ›Modernes Leben‹. Wenn Sie da was schreiben wollen, rufen Sie Bettina Kilius in der Hauptredaktion an. Die sucht immer sowas.«

»Und«, sagte Christian, »ich spiele Orgel.«

Über Göldners Gesicht ging die Sonne auf.

»Wenn ich nicht ungläubig wäre, würde ich sagen: Sie schickt der Himmel. Seitdem Baumann nach Düsseldorf gegangen ist, fällt bei uns die Konzertbesprechung aus. Der Musiklehrer, der sonst schon mal eingesprungen ist, ist pensioniert und nach Freiburg gezogen. Wir stehen da echt auf dem Schlauch. Standen. Bis heute.«

»Ich habe noch nie eine Konzertbesprechung geschrieben«, protestierte Christian.

»Das lernen Sie,« sagte Göldner. »Das werden Sie lernen.«

»Lokalredakteur war das Letzte, was ich machen wollte«, sagte Herbert Banz. Sie saßen sich nach dem Mittagessen im »Eck« gegenüber, zögerten die Rückehr in die Redaktion noch ein wenig hinaus.

»Als Schüler wollte ich Lyriker werden, später nur noch Schriftsteller, danach wenigstens Feuilleton-Redakteur einer Wochenzeitung. Jetzt sitze ich schon jahrelang in diesem Bau, in dem man nicht mal das Fenster aufmachen kann, weil draußen der Verkehr stinkt. Für einen zur Lyrik Berufenen schon ein gewisser Abstieg. Aber«, er klingelte mit dem Eis in seinem Whisky-Glas, »wenn das ein Trost ist: Wir sind viele, wir sind die schreibende Mehrheit. Hast du gewußt, daß siebzig Prozent aller Tagespresse-Journalisten im Lokalen arbeiten? Schreiben wie wir über Taschendiebstähle, Goldene Hochzeiten, Sommerschlußverkäufe, Gemeinderatssitzungen, Kirchenbazare. Und nichts gegen Anzeigenkunden oder solche, die es werden könnten. Das ist unser ›unmittelbarer und zupackender Journalismus‹. Kurz, es geht« - und er verlangte »noch einen Bourbon, aber mit wenig Eis« - »ums Gemeinwohl, oder, wie unser beider Göldner immer sagt, darum, ›das Beste für unsere Stadt herauszuholen‹.«

»Unser oberster Leitsatz lautet«, sagte Göldner, als er Christian nach zwei Wochen zu einem »ersten Gedankenabtausch« in sein Büro holte, »das Beste für unsere Stadt herauszuholen. Das mag in der Praxis anders aussehen, als man sich das in der Studentenbewegung vorgestellt hat. Wenigstens operieren wir hier nicht im luftleeren Raum linker Ideale. Wir sind angewiesen auf die örtliche Verwaltung, die Polizei, die Wirtschaft, Verbände und Vereine, nicht zu vergessen die Pfarrämter. Hat man die einmal vergrämt, hat man schon verloren. So einfach ist das.«

Wie einfach das war, erfuhr Christian ein halbes Jahr später. Es ging um den städtischen Kulturausschuß, und Christian fand heraus, daß dieses Gremium jede Eigeninitiative vermissen ließ. Ein großer Teil der von ihm verwalteten Gelder ging einfach an die örtlichen Vereine. Christian schrieb einen Kommentar, in dem er aufzuzeigen versuchte, daß lokale Kulturpolitik durchaus anders aussehen könnte als gießkannenmäßig Geld zu verteilen. Der Kommentar wurde, von Göldner nur wenig entschärft, veröffentlicht. Ein Echo blieb aus. Doch als Christian Wochen später den Bürgermeister in einer ganz anderen Sache um Auskunft bat, lehnte der ab: »Sie, Herr Droste, wollen doch nur wieder die Stadtverwaltung madig machen.«

»Göldner hat dich bewußt gegen die Wand fahren lassen«, sagte Humphrey, als Christian sich über die Abkanzelung empört zeigte, »so lernst du am schnellsten.«

Doch es gab auch Situationen, wo Göldner - »zu Ihrem eigenen Besten, Herr Droste« - massiv eingriff: Da gab die Liedertafel ihr Adventskonzert. Es war voll wie im Kino, und Christian kam sich vor, wie in einen schlechten Heimatfilm geraten. Seine »Kritik«, die er Göldner vorlegte - er wollte niemandem wehetun - bestand aus einer reinen Aufzählung dessen, was gewesen war. Göldner las das, drehte sich dann langsam auf seinem ächzenden Stuhl in Christians Richtung.

»Nun hören Sie mal gut zu«, sagte er. »Wenn Sie über dieses Konzert dieser Liedertafel nichts Positives schreiben, dann ist das eine massiv negative Kritik. Es ist dabei überhaupt nicht wesentlich, ob die berechtigt ist oder nicht, sondern ob sie überhaupt erscheint. Und diese wird nicht erscheinen.« Mit großer Gebärde riß er das Blatt von oben nach unten auseinander, warf es in den Papierkorb und wandte sich seinem Schreibtisch zu.

»Aber...«, sagte Christian.

Göldner drehte sich wieder um.

»Nichts aber! Auf diese ›Kritik‹ hin kriegen wir mindestens zwanzig Abbestellungen, und das wollen wir doch nicht.«

»Nein, das wollen wir nicht«, echote Christian ironisch.

»Wenn aber gar nichts erscheint«, fuhr Göldner fort, »kriege ich mindestens zwanzig Anrufe, und das will ich nicht. Also setzen Sie sich bitte wieder an die Maschine und bemühen Sie sich um eine positive Würdigung des Konzerts. War nicht auch der Herr Bohlen von Pfeiffer & Bohlen als Solosänger dabei?«

»Ja, eben«, sagte Christian.

In Christians zweitem Versuch war es ein »stimmungsvoller Abend« gewesen. Der Chorleiter hatte das Lied: ›Horch, was kommt von draußen rein‹, »sehr geschmackvoll für Chor und Bariton-Solo eingerichtet.« Der Solosänger »durfte mit Recht einen Sonderbeifall einheimsen«. Der Chor »erntete mit seinem verdienstvollen Dirigenten für seine hervorragende und zudem noch pausenlose Darbietung dankbaren Applaus.« Chor und Dirigent »bedankten sich beim Publikum« mit dem Weihnachtslied: »Morgen, Kinder, wird's was geben«.

»Na bitte«, sagte Göldner, »es geht doch!« Und am Tag an dem die Konzertbesprechung in der Zeitung erschien, rief der Liedertafel-Vorsitzende bei Christian an, um ihm für seine »aufrichtigen Worte« zu danken.

Als das Volontariat zu Ende war und Christian am selben Schreibtisch zum Redakteur befördert, ein auskommendes Einkommen bezog, zog er bei seinen Eltern aus und übernahm von einem Kollegen eine Wohnung »mitten im Pott und ganz im Grünen«, vom Ruhrschnellweg nur durch einen Friedhof getrennt.

Die Wohnung gefiel Christian auf Anhieb. Sie lag, siebenundsechzig Stufen über der Straße, im Dach eines Hauses von 1910, das die Bombenangriffe des Zweiten Weltkriegs überstanden hatte. Nun war es für die Bedürfnisse der achtziger Jahre neu ausgebaut, galt allerdings wegen ihrer schrägen Außenwände und der Balken, die man beim Herausnehmen der Innenwände hatte stehen lassen, als unpraktisch. So gab es keine Möglichkeit, eine Schrankwand aufzustellen. Die Schrankwand war nicht Christians Problem. Von seinem Dachbalkon sah er über die alten Bäume des Friedhofs, sah Birken und Linden, dahinter Platanen, zwei große Kastanien und eine Blutbuche. Diese Wohnung würde er so schnell nicht wieder verlassen.

Sonntagsmorgens fuhr er in seine »Heimatgemeinde«, spielte im Gottesdienst die Orgel, hörte sich die Predigten Pastor Schuberts an oder las. Er hatte über seiner Zusammenarbeit mit »Humphrey« die Krimis von Raymond Chandler wiederentdeckt - einer davon lag immer auf seiner Orgelbank - und er fand darin ebensoviel Theologie, wie ihm von der Kanzel entgegenkam. Nach dem Gottesdienst besuchte er das Grab seiner Mutter und aß bei seinen Eltern - sein Vater war inzwischen pensioniert und interessierte sich für Kakteen - zu Mittag.

12

Als Heinz Salewski plötzlich starb - Herzinfakt, 53 Jahre, Redakteur beim Kirchlichen Mediendienst - kam Veronika Fuchs wieder ins Spiel. Sie brachte Christian ins Gespräch als jemand, dem das Ruhrgebiet und seine evangelisch-kirchliche Situation bestens vertraut sei, und der als Lokal-redakteur gelernt habe, auch die Gemeinde-Ebene zu berücksichtigen.

»Ich hatte überhaupt keine Lust, den Job zu übernehmen«, sagte Christian. »Als ›weltlicher‹ Journalist hatte ich der Kirche distanziert gegenüber gestanden. Nun sollte ich sie positiv darstellen. Auf der anderen Seite: Ich hatte, wie man sagt, ›meine Klamotten volle vier Jahre in der Lokalredaktion hängen lassen‹, wollte mir aber keine ›lokalen Schwielen am Hintern‹ holen wie Göldner und Herbert Banz. Vier Jahre waren genug.«

»Beim Kirchlichen Mediendienst bist du länger geblieben.«

»Bis auf den heutigen Tag.«

»Manchmal frage ich mich, wie dein Leben ausgesehen hätte, wenn du Redakteur der ›Bäckerblume‹ oder einer Apothekerzeitschrift gewesen wärest. Aber du bist ja die Kirche nicht losgeworden.«

»Versuch mal, deine alte Tante loszuwerden,« sagte Christian. »Auch wenn du sie eigentlich nicht magst, je älter sie wird, umso mehr fühlst du dich für sie verantwortlich. Wenn du dich eine Woche lang nicht meldest, ruft sie besorgt an, ob du Probleme hast. Du beginnst, sie immer mehr in dein Leben einzubeziehen. Und schließlich fragst du dich bei allem was du tust: ›Was würde Tante dazu sagen?‹

So ist die 80er Jahre hindurch die alte Tante Kirche mein Thema gewesen, wenn hier im Revier sonst auch ganz andere Themen dran waren.«

Im Ruhrgebiet trat der Verkehrsverein Rhein-Ruhr in Kraft. Die Stadt Dortmund ließ an der B1 60 alte Platanen fällen. Die Essener Synagoge wurde mit der Ausstellung »Widerstand und Verfolgung 1933-1945« als Gedenkstätte eröffnet. Die englische Rockgruppe Pink Floyd gastierte in der Dortmunder Westfalenhalle. In Essen wurde der Verein »pro Ruhrgebiet« gegründet. Die ARD zeigte den er-

sten »Tatort«-Krimi mit Kommissar Schimanski aus Duisburg.

Christian entdeckte, wie sehr »seine evangelische Kirche« eine »Kirche des Wortes« war. Es wurde eigentlich immer geredet, und darüber hatte er zu berichten. Um dem auch journalistisch Genüge tun zu können, legte er eine nach unten offene Liste: »Worte über Worte« an. In die nahm er alle Rede-Verben auf, die ihm im Lauf der Zeit begegneten: sagte, betonte, führte aus, meinte, erläuterte, teilte mit, erzählte, deutete an, versicherte, berichtete, hinterbrachte, gab bekannt, äußerte, bejahte, verneinte, ließ wissen, wiederholte, eröffnete, der Vortragende wörtlich, gab zu, stimmte zu, mahnte an, vertraute an, übermittelte, unterrichtete, wandte ein, vermeldete...

Diese Aufstellung machte er mit Heftzwecken an der Wand über seinem Arbeitstisch fest und war so in der Lage, seinem redefreudigen Arbeitgeber in der Berichterstattung jederzeit auch verbal zu entsprechen.

Als im Sommer sein »alter Pastor« Schubert in den Ruhestand ging, begann Christians Kirchenkampf. Keiner im klassischen Sinne, ein sehr privater, den er von seiner Orgelbank aus führte. Schuberts Nachfolger hieß Held, und der - und das irritierte Christian - war jünger als er.

Die Einführung des Neuen erlebte er nicht mit. Er war auf Gomera, machte Urlaub, baden, wandern, Fisch essen. Er verliebte sich in Sabine aus dem Apartement von nebenan, beziehungsweise aus einem Reisebüro in Bietigheim, deren Hochdeutsch auf eine reizende Art schwäbisch verfremdet war. Sabine wollte ihren Freund vergessen, und Christian durfte ihr dabei helfen. Sie gingen zusammen baden, wandern, Fisch essen und waren einander fast drei Wochen lang sehr zuverlässig Mann und Frau. Dann mußte sie zurück in ihr Reisebüro, wollte es auch mit ihrem Freund noch einmal versuchen. Christian brachte sie zum Schiff, und sie gelobten in großer Traurigkeit und unter vielen Küssen, sich niemals wiederzusehen, auch nicht den Versuch dazu zu machen.

Dann saß Christian wieder an der Orgel. Die erste Predigt Pastor Helds, die er hörte, ging über den Verfall der Werte.

Zuerst einmal griff Christian wie gewohnt nach Raymond Chandlers »Lebwohl mein Liebling« auf der Orgelbank, sah nach, wo er vor vier Wochen aufgehört hatte, und begann zu lesen:

»Es war nahe am Meer, man konnte das Meer spüren in der Luft«, und Christian lag wieder am Strand von Valle Gran Rey. *»Auf dem Meer lag noch immer ein feines Funkeln, und die Brandung brach sich weit draußen in langen, sanft geschwungenen Kurven.«* Und neben ihm lag Sabine, angezogen mit einem Fastnichts von Bikini. Christian holte tief Luft, roch ihr Parfüm. Das hieß: »Bandit«, da fing Pastor Held an zu schimpfen:

»Die nackte Sexualität ist die moderne Gottheit von heute geworden. Ihrem Kult huldigt fast das ganze Leben. Unter dem Terror des Sex gleicht der Mensch einem Kreisel, der von der Peitsche sexueller Aufreizung zu immer rasanterer Umdrehung getrieben wird...«

Christian legte den Krimi aus der Hand.

»Na, junger Mann«, dachte er, »haben wir da den Mund nicht ein bißchen voll genommen?«

Doch der legte noch zu: »Viele träumen von einem süßen Leben, in dem es nur Genuß aber keine Verantwortung gibt. Sie können sich für nichts mehr begeistern, sind frühe Greise, voll müder Skepsis.«

Christian drehte den Orgelspiegel so, daß er sein eigenes Gesicht sehen konnte, gespannt auf Anzeichen müder Skepsis um seine Augen. Doch er sah sich nur braungebrannt, um die Augen Ansätze von Lachfalten. Die Nase begann zu pellen. Da würde er etwas tun müssen.

Der Prediger war inzwischen zum Grundsätzlichen vorgestoßen:

»Die an den göttlichen Geboten orientierten Lebensauffassungen werden heute als ›überholter Moralismus‹ abgetan. Selbstzucht, Sitte, Wahrhaftigkeit und Reinheit«, bellte er und wippte bei jedem dieser Worte auf den Zehen, »sind keine ethischen Werte mehr. Die Tabus auf dem Gebiet des Sexuellen zerbrechen. Man verkündigt die Emanzipation des Fleisches.«

»*Völker, hört die Signale!*« Christian pfiff es leise durch die Zähne.

Das Predigtnachlied: »*Wohl denen, die da wandeln vor Gott in Heiligkeit...*« Doch Christian, bevor er auf das Lied zu spielen kam, setzte die volle Orgel mit der »Internationalen«

ein: »*Völker hört die Signale...*«. Im Orgelspiegel sah er den Pastor irritiert zu ihm aufsehen.

Nach dem Gottesdienst - sie standen sich zum ersten Mal face to face gegenüber - fragte Held, ein kleiner, zappeliger Mensch, wieso Christian ausgerechnet mit diesem Lied eingesetzt habe, das doch so gar nichts im kirchlichen Raum...

»Ich wollte den Signalcharakter Ihrer Predigt musikalisch unterstreichen«, sagte Christian sanft.

»So«, sagte der Prediger.

Sie sahen sich an. Sie mochten sich nicht. Das war der Beginn einer wunderbaren Feindschaft.

Beim Ostermarsch Ruhr protestierten mehrere zehntausend Menschen gegen die geplante Stationierung von Atomwaffen in der Bundesrepublik. In Dortmund wurde ein Brauereimuseum eröffnet. Die KruppStahl AG gab die Schließung ihres Stahlwerks in Rheinhausen bekannt. Bei Opel-Bochum lief der fünfmillionste Kadett vom Fließband.

Beim Herumsitzen auf Synoden und ähnlichen Versammlungen spürte Christian, wie sein Leben an ihm vorbei ging, ohne daß er es halten konnte, wie er ohne sein Dazutun alterte. Und wie voll im Leben dagegen die Redner »im schwarzen Habit«, und von welcher freudigen Selbstkritik in den Pausen zwischen den Sitzungen:

»Herr Droste, kennen Sie den Unterschied zwischen einem Synodalen und einem Hintern? - Da ist nämlich keiner: Beide haben Sitz und Stimme, und beide haben nichts zu sagen. Haha!« Die mehrheitlich schweigenden Ärsche nahmen die Wahrheit als guten Witz. Christian übermittelte ihn der Welt.

In seinem sonntäglichen Kirchenkampf passierte wochenlang gar nichts. Christian las während der Predigten Helds im wöchentlichen 20-Minuten-Takt alle Krimis von Raymond Chandler, die ihm noch fehlten. Er begleitete Philipp Marlowe, wie der mit ausgebeulten Manteltaschen, arm, zäh und rechtschaffen durch die Häuserschluchten der Großstadt streifte, ein einsamer Kämpfer für Recht und Gerechtigkeit in einer von Gewalt, Korruption und Zynismus beherrschen Welt. Manchmal überlas Christian das Ende der Predigt. Aber wenn Held dann mit drohender Stimme sagte: ›Wir singen jetzt das Predigtnachlied‹, saß er wieder an der Orgel. Und auch bei der spannendsten Chandler-Lektüre, mit einem Ohr war Christian immer bei der Predigt. Nicht so sehr bei dem, was Markus Held sagte, sondern bei seiner Stimmlage. An der konnte er, ohne zuzuhören, erkennen, wenn etwas kam, was es wert war, angehört zu werden.

Gelsenkirchen setzte als erste Stadt im Revier eine kommunale Frauenbeauftragte ein. In der Dortmunder Westfalenhalle fand die vierte Skat-Weltmeisterschaft statt. Herbert Grönemeyer veröffentlichte die Langspielplatte »4630 Bochum«. Die Spielbank in Dortmund-Hohensyburg wurde eröffnet. Der KBC Duisburg errang den Deutschen Meister-Titel im Damen-Fußball. Günter Wallraf veröffentlichte seine Sozialreportage: »Ganz unten«.

Christian betrieb sein Geschäft der kirchlichen Berichterstattung wie eine ordentlich geölte Schreibmaschine und kam zu der Erkenntnis, daß sich manches oder vieles oder fast alles wiederholte.

Alle Jahre wieder wollten oder sollten Pastoren Polizisten beratend zu Seite stehen, mahnte der Beirat »Kirche und Handwerk« die »längst fällige Würdigung des Handwerks durch die Kirche« an, wollte sich die Kirche »offensiv der Frage stellen, wie sie den Bauern Zuversicht und Perspektiven für die Zukunft ihrer Arbeit« geben könne, wurden »gemeinsame Aufgaben von Politik und Kirche« beschworen, suchte die CDU einen »besseren Draht« zur Kirche, strebten Kirche und Gewerkschaften »gemeinsame Aktionen« an, erwarteten Bergleute die Kirche »an ihrer Seite«.

Dank der bei seinem ersten Tag in der Lokalredaktion angemahnten Hängeregistratur behielt Christian die volle Übersicht und gab, bevor die Adventszeit über die Kirche hereinbrach, gleich einer guten Sekretärin eine Desideratenanzeige an seinen kirchlichen Auftraggeber: Dieses Jahr lasse bis dato das Gespräch der Kirche mit dem Sport, den Banken, dem Mittelstand vermissen. Ein Hinweis, der jeweils als »hilfreich« empfunden und »dankbar« aufgegriffen wurde.

»Und was gab es von deiner Orgelbank zu berichten?«

»Einmal habe ich Held ins Parkstadion Gelsenkirchen eingeladen«, sagte Christian. »Am Wochenende zuvor hatte ein Revier-Derby stattgefunden: Schalke 04 gegen VfL Bochum. Anschließend war es zu einer Schlacht der Fans gekommen. Und danach hatte so ein Herzchen von Schalke-Anhänger in einem Leserbrief geschrieben:

>*Ob ich verroste und verkalke,*
ich gehe immer noch zu Schalke.
Schalke 04 ist größer als Gott.<

Das war Markus Held furchtbar neu. Er mußte sich schreck-lich aufregen. Er machte in dem Leserbrief >primitivsten Göt-zendienst< aus, womit er zweifellos recht hatte, und fand es, bemüht um eine fußballgerechte Sprache, >erschreckend, wie weit wir Menschen uns ins Abseits begeben haben<. Dem religiös verwirrten Schalke-Fan prophezeite er: >Auch wenn Schalke haushoch gewinnen sollte, du wirst nicht glücklich werden, es sei denn, du begreifst, daß es nicht nur beim Fußball um Abstieg und Aufstieg geht.<

Den >Abstieg< und >Aufstieg< brauchte er, weil Karfreitag, Ostern vor der Tür stand: *>Siehe, wir gehen hinauf nach Jerusalem, und es wird alles vollendet werden...<* Und so en-dete seine Predigt mit dem sportlichen Satz: >Christus ist tief abgestiegen, damit wir hoch aufsteigen können.<

Nach dem Gottesdienst habe ich ihn dann in die >andere Kirche< eingeladen, ins Parkstadion: einmal die >Schalke-Götter< live mitzuerleben.«

»Und?«

»Er hat abgelehnt.«

Die Hertie-Kaufhäuser in Dortmund, Castrop-Rauxel und Wanne-Eickel schlossen ihre Tore wegen Unrentabilität. Nach dem Austreten radioaktiven Gases wurde der Hoch-temperaturreaktor in Hamm-Uentrop abgeschaltet. Ein Air-bus der Deutschen Lufthansa erhielt den Namen »Reckling-hausen«. 334 000 Besucher zählte die Ausstellung »Barock in Dresden« in der Essener Villa Hügel. 60 000 Menschen ka-men in die Dortmunder Westfalenhalle zur Tauben-Olym-piade. Auf der Henrichshütte in Hattingen wurden zwei Hochöfen, in Dortmund die letzte Zeche stillgelegt.

Christian verabschiedete einen Superintendenten, »sicht-barer Garant für Einheit bei aller Vielfalt«, mit einem Fest-gottesdienst in den Ruhestand, und führte einen neuen mit der »Vision einer lebendigen und dynamischen Kirche« in sein Amt ein. Er verschaffte dem Kirchenkreis eine Berate-rin, der Justizvollzugsanstalt einen Seelsorger und verlieh dem Vorsitzenden der Männerarbeit das Bundesverdienstkreuz. Einen Pfarrer ließ er Cartoons malen, einen anderen, seinen zweiten gemeindebezogenen Krimi schreiben, einen dritten die »Hitliste« der zweiunddreißig meistgesungenen Kirchenlieder aufstellen.

Besondere Sorgfalt widmete er den ganz Frommen. Er initiierte ein »City-Projekt« landeskirchlicher und freikirchlicher Gemeinden, beklagte mit der Bekenntnisbewegung eine »an den Zeitgeist angepaßte Kirche«, und schenkte dem Gemeinschaftstag das schöne Motto: »Mit Jesus unterwegs.«

Unterdes verschob sich die Frontlinie in seinem privaten Kirchenkampf nur unwesentlich. Es gab nichts, »weder Gegenwärtiges noch Zukünftiges, weder Hohes noch Tiefes«, was dem Prediger nicht zum Anlaß werden konnte, zu seinem Thema zu kommen, das immer, mehr oder weniger subtil, mit den Gefahren des Sex zu tun hatte.

»Ich habe mich dazu nur selten geäußert«, sagte Christian, »lange überhaupt nicht mit Held geredet, habe Orgel gespielt und Chandler gelesen. Ihm war mein Schweigen manchmal unheimlich. Ein paar Mal hat er mich nach dem Gottesdienst gefragt, ob ich keinen Protest anzumelden hätte. Ich habe ihm dann mit treuem Augenaufschlag versichert, ich hätte seine Predigt als ›Schwarzbrot des Glaubens‹ genossen.«

Mit einer Menschenkette von Duisburg bis Dortmund demonstrierten 80 000 Menschen gegen die Schließung des Stahlwerks Rheinhausen. In Bochum startete das Musical »Starlight Express«. In Gladbeck nahmen zwei Bankräuber Geiseln auf eine dreitägige Irrfahrt durch die Bundesrepublik und die Niederlande. Borussia Dortmund gewann den DFB-Pokal. Essen enthüllte das erste Denkmal für Bergarbeiter. Das Revier feierte den Beitritt der DDR zur Bundesrepublik.

Mit Christian stand die Kirche zu ihren Kindergärten und Erzieherinnen, erkannte ihre Arbeit als kirchliche Bildungsarbeit an, beklagte Sparsamkeitszwänge und beschwor die Zukunft: »Kindergeschrei ist Zukunftsmusik.«

Mit der Kreissynode beklagte Christian die Gewaltbereitschaft der vierzehn- bis achtzehnjährigen. Er stellte selbstkritisch fest, daß die Jugendlichen ihre Bedürfnisse in der Kirche nicht befriedigt sähen, daß die Visionen junger Menschen aber für die Kirche lebensnotwendig seien, und suchte das »direkte Gespräch«.

Mit der Evangelischen Jugend sammelte Christian eine halbe Million Briefmarken für Bethel, danach Weihnachtsbäume. Schließlich brachte er den neuen Frühjahrskatalog des Jugendherbergswerks heraus.

In seinem Stellungskrieg mit Pastor Held ließ Christian sich dann doch wieder zum Angriff hinreißen. Held predigte über ein Wort aus dem Hebräerbrief: »*Gottes Wort ist schärfer als jedes zweischneidige Schwert.*«

»Gottes Wort«, verkündete er, »es dringt durch bis in unser Herz wie ein zweischneidiges Schwert«. Und da treffe es auf unsere verborgenen Gedanken, die eigentlichen Motive unseres Tuns. Und da gebe es manches, was weggeschnitten gehöre. Und wenn solche Trennung auch schwerfalle, sagte er mit schneidender Stimme, »es gibt Dinge, die müssen einfach abgeschnitten werden, damit sie uns nicht zum Fallstrick in unserm Glaubensleben werden.«

»Oh Herr«, schloß der fromme Mann seine Predigt, »ich bitte dich, schneide alles von mir ab, was mich daran hindert, dich zu verherrlichen! Amen.«

Da mußte Christian sich plötzlich auf der Orgelbank zurücklehnen. Die Orgel war aber nicht abgestellt, und Christian geriet mit beiden Ellenbogen auf das Manual. Es gab eine kirchenerschütternde Dissonanz, und alle drehten sich zu ihm um.

Nach dem Gottesdienst fragte ihn ein ungehaltener Held, was ihm eigentlich eingefallen sei, so auf die Orgel...

Christian sagte, er sei verwirrt gewesen wegen des verwegenen Schlußgebets.

»Inwiefern?« Des Pastors Stimme war wie ein zweischneidiges Schwert.

Christian sagte, er habe plötzlich an Origines denken müssen.

»Origines? Ich verstehe nicht.«

Da konnte Christian Karl Heussi zitieren, Kompendium der Kirchengeschichte, wo er über den Kirchenvater Origines schreibt: »*Sein asketischer Übereifer verirrte sich zu buchstäblicher Erfüllung von Matthäus 19,12.*«

Held verstand immer noch nicht. Da wurde Christian drastisch: »Origines tat das, was Sie eben erbeten haben, selbst.

Er schnitt ab, was ihn hinderte, Gott zu verherrlichen - seine Eier.«

Da bekam der Prediger fleckiges Rot ins Gesicht, aber die Bibel fiel ihm nicht aus der Hand.

»Und was steht in Matthäus 19,12?« fragte Julia.

»Da steht: ›...*und es gibt Verschnittene, die sich selbst verschnitten haben um des Reiches der Himmel willen. Das fasse wer es kann*‹.«

Das Abendessen kam. Christian machte ein abweisendes Gesicht.

»Eigentlich können Sie es gleich wieder mitnehmen.«

»Lassen Sie es stehen«, sagte Julia. »Ich werde dafür sorgen, daß er wenigstens den Tee trinkt.«

Sie reichte ihm die Tasse und sah, daß er sie kaum halten konnte.

»Laß mich nur machen.« Sie nahm die Tasse zurück und hielt sie ihm an den Mund, gab ihm nach und nach den ganzen Tee zu trinken.

»Mich interessiert noch was ganz anderes«, sagte Julia als Christian sich wieder zurückgelegt hatte. »In den ganzen achtziger Jahren kann ich so richtig keine Frau entdecken.«

»Ich habe ein paar Urlaubsbekanntschaften gehabt,« sagte er, »wie die auf Gomera. Aber die endeten immer mit dem Ende des Urlaubs als Verfallsdatum. Ich habe mich auf nichts eingelassen, was auf unbestimmte Zeit angelegt gewesen wäre.«

»Und warum nicht?«

»Ach, ich weiß es nicht. Ich hatte mit mir selbst genug zu tun. Es stand mir vor Augen, wo das bisher bei mir immer geendet hatte. Ich wollte nie wieder jemand so dicht an mich heranlassen wie mich selbst.«

»Aber bei deinen Familienbildern hängt das Foto einer Frau, die ich nicht kenne. Und gestern hast du mir gesagt, du hättest nur Bilder von deinen Töchtern.«

Christian seufzte.

»Von Andrea wollte ich eigentlich nicht erzählen. Aber ihr Bild wollte ich auch nicht wegwerfen. Denn das ist alles, was ich von ihr habe, je von ihr gehabt habe. Das war 1986. Da wäre ich beinah rückfällig geworden. Nur habe ich mich dafür zu blöd angestellt. Ich galt damals in Kollegenkreisen als ›der Junggeselle‹. Da kam Andrea. Sie volontierte in meiner alten Lokalredaktion, und weil auch sie über Kirche zu berichten hatte, kam es, daß wir uns kennenlernten. Andrea hat es nicht hinnehmen wollen, daß ich so war, wie ich war. Sie hat mich angemacht, umworben, hat mir ein Bild von sich geschenkt - mit Rahmen - obwohl ich gar keins wollte.«

»Das alles hat dir sicher sehr geschmeichelt.«

»Ich habe es gar nicht richtig wahrgenommen. Ich fand es einfach nur schön, daß sich jemand um mich kümmerte. Das war ich gar nicht mehr gewohnt.

Sie ist nach Frankfurt gegangen. Ich habe es kaum notiert. Erst ihr Brief danach, ein Brief voll Abschied, hat mich geknackt. Mir wurde plötzlich bewußt, daß etwas unwiderruflich vorbei war, was ›das Leben‹ hätte sein können, und ich hatte es vorbeigehen lassen. Plötzlich vermißte ich Andrea, verzehrte mich nach ihr, meinte schließlich, ich könnte ohne sie nicht leben. Ich schrieb ihr heftige Briefe. Die Antwort war eine Hochzeitsanzeige. - Da habe ich mich gefühlt wie ein vertrockneter Baum auf einer kahlen Hochebene, der, allen kalten Winden ausgesetzt, seine Äste in stummer Klage in den leeren Himmel reckt.«

»Wow!« sagte Julia, »Selbstmitleid ist doch auch was Schönes! Aber jetzt muß ich gehen.«

13

Hinter Wefelsleben wurden die Bäume spärlicher, hohe Lichtleitungsmasten standen auf schwarzen Feldern, in den Ackerfurchen Wasser. Ein paar Knicks. Der Himmel darüber wintergrau. Magdeburger Börde, großräumig, gesichtslos, geheimnislos. Keine Landschaft für sich, eine, um mit Maschinen beackert zu werden. Löß-Schwarzerde. Bei Schönebeck wurde 1934 der beste deutsche Ackerboden ausgemacht. »Richtwert: 100«, Maßstab aller deutschen Böden. Eilsleben, Dreileben, Niederdodeleben. So viel Leben auf so viel todschwarzer Fläche. Ein Krähenschwarm stieg auf und flog über den Zug hinweg.

Bis 1989 war Christian durch Magdeburg immer nur durch- oder daran vorbeigefahren. Die Zugfahrt gab nur einen kurzen Blick auf die Domtürme frei. Die Stadt ließ sich nicht in die Karten gucken. Von der Transitautobahn nach Berlin aus gesehen, bestand sie aus einer Plattenbaufront, Hinweisschildern an drei Autobahnabfahrten und einer Raststätte mit Alu-Bestecken. Die Elbe kam später.

Der Magdeburger Hauptbahnhof. Bei seinem Anblick fiel Christian das Wort »schmucklos« ein, ein Wort, das er sonst nie benutzte. Und doch hatte der Bahnhof sein Schmuckstück. Ein Rechteck über der Treppe zur Unterführung, ein Dunkelblau, das von keiner DDR mehr angegraut war. Darauf in blütenweißer Frakturschrift: »Frankfurter Allgemeine Zeitung«.

»Gehören Magdeburg und Meißen auch zu Europa?« Das hatte sich diese »Zeitung für Deutschland« einmal gefragt. Das war gar nicht so lange her, Christian erinnerte sich genau. Doch mit der »FAZ« auf dem Bahnhof war die Frage entschieden. Zumindest Magdeburg gehörte jetzt dazu.

Magdeburg, »eine Stadt, die ihre Identität verloren zu haben scheint«. Diesen Satz aus dem Begleittext einer Installation im Klostermuseum »Unser lieben Frauen« schrieb Christian in sein Notizbuch. Das hing mit seinem Besuch zusammen. Veronika Fuchs hatte ihm vorgeschlagen, hier einen kirchlichen Mediendienst aufzubauen, der dem evangelischen Magdeburg helfen sollte, seine kirchliche Identität wiederzufinden. Christian hatte sich Bedenkzeit erbeten, war an diesem kalten Freitagmorgen hergefahren, um sich die Stadt erst einmal anzusehen.

Die grünen Kupfertüren am Dom und am Museum gefielen ihm, ihre vielen kleinen Figuren. Die Klinken, geputzt von vielen Händen, waren gelb geblieben - so der Hut des kleinen Mannes am Türgriff des Klosters. Abgegriffen und glänzend auch Adam und Eva aus Stein am Kanzelaufgang im Dom. Man würde sie durch eine Glasscheibe sichern müssen, um sie vor den vielen Kunst-Griffen der Besucherhände zu schützen.

An der Säule nahe dem Kreuzgangsportal stand eine Madonna. Der kleine Jesus auf ihrem Arm schien sie von sich wegstoßen zu wollen: »*Weib, was habe ich mit dir zu schaffen!*«

Der Kirchenführer wies sie als eine »Schwarze Madonna« aus, wundertätig - wohl eher wundertätig gewesen. Es gelang Christian nicht, sie auf sich aufmerksam zu machen. Kein »*Gegrüßet seist du...*«, kein »*Salve Regina*«, kein »*Ave Maria*« machte sie an. Es gab auch keine Möglichkeit, eine Kerze aufzustellen. Das »Lichtermeer« war auf der anderen Seite des Chorraums: ein Sandkreuz vor Barlachs Monument gegen den Krieg.

Dekorativ - im Kirchenführer war von ihrem »freundlich-forschenden« Blick die Rede - sah sie über Christian hinweg in die »einsame Monumentalität« des Doms. Die angestaubte Schönheit ihres dunklen Gesichts, ihres goldenen Kleides, war zum bloßen Kunst-Stück dieser auch ohne sie bedeutenden Kirche geworden. Maria im Exil. Er hätte ihr eine angemessenere Umgebung gewünscht: mehr Katholisches, eine Seitenkapelle, wenigstens eine Nische mit Halbdunkel und Kerzenlicht.

Die Kälte im »größten Sakralbau des östlichen Deutschlands« griff Christian ans Herz. Er verließ die Kirche, ging über die Straße. Hier stand das Haus, in dem er, wenn er sich denn dazu entschließen sollte, arbeiten würde: Gegenüber der Kirchenleitung, ein klassizistischer Bau im »Schatten des Doms«, der eine Renovierung seiner Fassade dringend nötig hatte, so wie das kirchliche Leben auch.

»Du bist dann doch nach Magdeburg gegangen«, sagte Julia, »obwohl die Schwarze Madonna sich dir verweigert hat.«

»Eine andere Madonna hat mit mir gesprochen.«

Der Anfang war schwierig. Christian hatte sich nicht klar gemacht, wie gründlich man im deutschen Ost-West-Dialog aneinander vorbeireden kann, hatte gemeint, mit ein bißchen guten Willen...

Der Gedanke, daß das alles vielleicht nicht so einfach wäre, überkam ihn, als er nach seinem Besuch in Magdeburg, im Zug mit einer Frau sprach, die gleich nach der Wende eine Stelle in Leipzig bekommen hatte. An jedem Wochenende fuhr sie nach Haus ins Ruhrgebiet.

Ob sie nicht ganz nach Leipzig ziehen wolle?

»Am Anfang ja«, sagte sie. Aber dann sei sie davon abgekommen. Es sei ihr einfach nicht gelungen, Fuß zu fassen: »Das hängt irgendwie mit dem Osten zusammen.« Sie habe einen guten Job, aber vieles sei ihr fremd geblieben: »Ossis und Wessis sprechen nicht die gleiche Sprache.«

»Und was für Erfahrungen hast du selbst gemacht?«

»Das begann schon bevor ich nach Magdeburg ging«, sagte Christian. »Ein Kollege von dort besuchte mich, um sich unseren Laden hier anzusehen. Als wir am ersten Abend noch im »Eck« zusammensaßen, habe ich ihn gefragt, ob er vorher schon mal im Ruhrgebiet gewesen sei. Da hat er mich ganz seltsam angesehen und dann schnell gesagt: ›Ich war kein Reisekader.‹«

Julia lachte.

»So fragt man Leute nach ihrer politischen Vergangenheit aus.«

»Ich wollte bloß ein Gespäch in Gang bringen,« sagte Christian.

»Und dann ist mir gleich am Anfang in Magdeburg deutlich gemacht worden, daß ich nicht dazu gehöre. Ich hatte eine Besprechung über Aufbau und Funktion eines Mediendienstes angesetzt, dafür im Kirchenamt einen Raum bestellt, und bat die Frau, die das organisierte, einen »Polylux« zu besorgen. Die Frau drehte sich zu mir um und erklärte kühl: ›Wir wissen schon, was ein Overheadprojektor ist, Herr Droste.‹«

»Von ›Polylux‹ dürfen nur die sprechen, die auch ›Broiler‹, ›Datsche‹ und ›Plaste‹ gesagt haben.«

»Hätte ich ›Overheadprojektor‹ gesagt, hätte man mir ›westdeutsche Arroganz‹ oder ›fehlende Sensibilität im Umgang mit der Sprache‹ bescheinigt.«

»Es hat dich niemand gezwungen, den Job zu übernehmen.«

»Wenigstens bin ich keinen freien Tag in Magdeburg geblieben«, sagte Christian, »bin sooft es ging nach Haus gefahren, bis - ja bis ich Elbe kennenlernte, Elbe Fabricius.«

Es war gar nicht weit. Christian war über die große, dann die kleine Brücke gegangen, schließlich links in die Straße hinein. Da stand es auf der rechten Seite, ein Jahrhundertwendehaus. Fünfstöckig. Das Erdgeschoß war einmal verputzt gewesen. Darüber Backstein. Wie das Haus in Bochum, in dem er das Dach bewohnte. Nur hatte sich an diese Fassade noch niemand herangetraut. Ihr einziger Schmuck: Satellitenschüsseln. Christian zählte neun. Zwei davon bunt geschmückt mit Klebeblumen. Die Tür in der Mitte des Hauses, drei Stufen hauseinwärts, sah langjährig benutzt aus, der Eingang mit Klingelschildern versehen. »Fabricius« kam nicht vor.

Doch ganz links im Haus gab es eine Einfahrt, verschlossen mit einem Doppeltor. Darüber, in nur noch schlecht zu entziffernder Frakturschrift: »Carl Gutzke, Schlosserei.« In dem Tor war eine kleine Tür mit einem Handgriff, wie Christian ihn von früher kannte: Ein hochkant stehender Bügel aus Eisen, darüber ein aus der Tür herausragender Dorn, der in einer fünfmarkstückgroßen Fläche endete, die, mit dem Daumen heruntergedrückt, auf der anderen Seite einen Hebel nach oben schob, der den Türverschluß ausklinkte.

In der Durchfahrt stand ein Trabant-Caravan - hieß das beim Trabant auch »Caravan«? - mit offenem Anhänger. Hier gab es einen Seiteneingang in das Haus. Hinter der Durchfahrt ein Hof mit einem Flachdach-Gebäude, Carl Gutzkes Werkstatt. Geradeaus die Alte Elbe. Auf dem Hof lagen Eisenteile in einer Ordnung, deren Prinzip Christian nicht zu durchschauen vermochte. Auf dem Nachbargrundstück, hinter einem Maschendrahtzaun bis zum Fluß hinunter, wurden Autoteile aufbewahrt, aufgestapelte Reifen, ausgebaute Motoren. Türen lehnten aneinander.

Die Doppeltür der Werkstatt war zum Fluß hin offen. Nach der hellen Nachmittagssonne mußte Christian sich an das Licht darin erst gewöhnen. Da stand jemand im Overall mit heruntergeklapptem Visier, war mit dem Schweißbrenner zugange, ein Ritter, der seine Rüstung repariert. Plötzlich die Stille. Der Ritter hatte das Gerät abgestellt, schraubte die Gasflasche zu, zog seine Handschuhe mit den langen Stulpen aus, klappte das Visier hoch, nahm den Helm ab, schüttelte die Haare.

»Frau Fabricius?«

»Und wer sind Sie?«

Christian stellte sich vor und bedauerte, sich nicht angemeldet zu haben. Sie habe offensichtlich keine öffentliche Telefonnummer.

»Ich habe überhaupt kein Telefon«, sagte sie, »wer was von mir will, muß mir schreiben.«

»Oder selber kommen«, sagte Christian.

»Oder so. Und was wollen Sie von mir?«

»Ich möchte ein Portrait von Ihnen machen.«

»Sind Sie Maler?«

»Nein, Journalist.« Es solle ein geschriebenes Portrait werden; sie interessiere ihn, weil es nicht so viele Metallkünstlerinnen gebe, die sakrale Themen bearbeiteten. Schon gar nicht hier in der ehemaligen DDR.

»Sie meinen in den ›Neuen Ländern‹?«

»Es ist nicht immer einfach, die gerade herrschende Sprachregelung zu beherrschen.«

»Die herrschende Sprache ist die Sprache der Herrschenden«, sagte Elbe Fabricius.

»So habe ich auch einmal geredet«, sagte Christian. »Das war 1968, und ich war Mitglied im Sozialistischen Deutschen Studentenbund.«

»Hier hat der Sozialismus etwas länger gedauert. Das war ja auch kein Studenten-Sozialismus, sondern ein ›real existierender‹.«

»Und Sie haben ihn als religiös motivierte Künstlerin hier in dieser Nische überdauert?«

»Gar nicht schlecht, wie Sie die Kurve zurück zu mir gekriegt haben. Setzen wir uns doch!«

Dicht am Ufer, in einer Wildnis von Holunder, Pappeln und Eisenteilen, standen zwei neue weiße Plastiksessel.

»Mein erster Westimport.«

Das abziehende Hochwasser hatte am Ufer ein schaukelndes Feld aus Stöcken, Zweigen, Plastiktüten und Blechdosen hinterlassen. Darauf wippte eine Bachstelze. Braun und träge zog der Fluß vorbei. Der Wind trieb seinen Geruch herauf, eine Mischung aus Modder und Öl.

»Die Elbe läßt keinen Gestank aus«, sagte Frau Fabricius.

»Ist ›Elbe‹ Ihr Künstlername?«

»Ich habe keinen anderen Vornamen.«

»Beim Standesamt kommt man damit nicht durch. Oder war das in der DDR anders?«

»Das war hier auch nicht anders als anderswo. Aber mein Großvater, der ›Carl Gutzke‹ über der Einfahrt, hatte sich in den Kopf gesetzt, daß ich Elbe heißen sollte: ›Hier an der Elbe ist sie geboren‹, sagte er zu meiner Mutter, die ganz andere Sorgen hatte, ›hier wird sie aufwachsen, hierher wird sie immer zurückkommen.‹

Natürlich weigerte sich der Standesbeamte.

›Elbe‹, sagte er, ›ist ein Fluß und kein weiblicher Vorname.‹

Da hat mein Großvater - wenigstens wurde das immer so

erzählt - ihm fest ins Auge geblickt, und gesagt: ›Ich mache Ihnen einen Vorschlag: Sie tragen den Namen Elbe als Vornamen meiner Enkelin ein, und ich vergesse alles, was ich über Sie weiß.‹ Er wußte überhaupt nichts über ihn, aber mit dem Namen war das kein Problem mehr.«

»Wann ist das gewesen?«

»Sie wollen wissen, wie alt ich bin?«

»Ich möchte wissen, wie lange man hier Leute mit ihrer Nazivergangenheit erpressen konnte.«

»Es mußte nicht unbedingt die Nazivergangenheit, es konnte sonstwas sein: Unbedachte Äußerungen im Suff, aufmüpfiges Gerede am Stammtisch, Westkontakte.«

Sie stand auf und reckte sich.

»Wollen wir nicht ins Haus gehen? Es wird kühl hier draußen, und ich habe immer noch meinen Blaumann, Pardon! meinen Overall, an.«

Als sie die Stühle ineinander stellten, kamen sie sich sehr nah. Der Wind wehte ihm ihr Haar ins Gesicht und ihren Geruch in die Nase. Ein Geruch von Metall und Hitze, wie er beim Schweißen entsteht. Christian spürte ihn förmlich auf der Zunge. Darunter der einer Frau, herb, fremd und zugleich vertraut, als habe er ihn mit der Muttermilch aufgesogen. Ein Geruch, der distanzierte und zugleich sehnsüchtig machte. Der hat was Animalisches, versuchte Christian später auf dem Nachhauseweg diesen Geruch zu analysieren. - Sieh dich vor! - Dabei hatte er keine Ahnung wie ein »Animal« roch.

Durch die Seitentür in der Durchfahrt kamen sie in ihre Wohnung. Elbe Fabricius schickte Christian - »Gehen Sie schon mal vor« - in die Küche. Die ging zum Hof hinaus und hatte noch nichts Eingebautes: einen freistehenden Herd, einen altweiß gestrichenen Küchenschrank und einen Tisch mit einer Eckbank dahinter. Durchs Fenster konnte Christian die Elbe sehen. Es roch nach Fluß, nach Küchengewürzen und ein bißchen nach ihr. Auf dem Küchenschrank tickte ein Wecker. Über der Eckbank hingen zwei selbstgemachte Plakate, Rockkonzerte wurden angekündigt. Die Gruppen hießen »Scheselong« und »Juckreiz«. Darunter, friedlich nebeneinander, zwei Aufnäher: Einer mit aufgehender Sonne und den Buchstaben »FDJ«, auf dem anderen ein Mann, der mit erhobenem Hammer ein schon krummes

Schwert bearbeitet, drumherum: »Schwerter zu Pflugscharen«. Schließlich noch die Jugendweiheurkunde der Elbe Fabricius aus dem Jahr 1969.

Sie trug nun Turnschuhe, Jeans und ein blau-weiß gestreiftes T-Shirt, und Christian sah, daß sie gut anzusehen war. Als sie sah, wie er sie ansah, hielt sie ihm ihre Hände hin: »Aber meine Hände sind Schlosserhände!«

Sie saßen sich am Küchentisch gegenüber.

»Wie paßt das eigentlich zusammen?« fragte Christian, »Jugendweihe, FDJ, Rockmusik, Schwerter zu Pflugscharen, Ihre Engel.«

»Für mich gehören dazu noch meine Freundin Olga und Ulrich Plenzdorfs ›Die neuen Leiden des jungen W.‹. Das Buch konnte ich aber nicht gut hier in der Küche an die Wand nageln. Aber eigentlich hat es damit angefangen.«

»Das Kultbuch der DDR-Jugend?«

»›Kultbuch.‹ - So heißt das jetzt hier auch.«

»Entschuldigung!«

»In demselben Jahr, und noch total besoffen von den ›neuen Leiden‹, habe ich Olga kennengelernt. Auf einem Konzert von ›Scheselong‹. Olga hatte eine leerstehende Wohnung in Crakau aufgetrieben. Crakau liegt nicht in Polen, sondern über die Alte-Elbe-Brücke und dann rechts.«

»Ich weiß.«

»Die hatte sie besetzt, war einfach nicht wieder ausgezogen, betrieb dann die Legalisierung der besetzten Wohnung. Und zwar nach allen Regeln der bürokratischen Kunst. Und weil die kommunale Wohnungsverwaltung sehr langsam mahlte und weil Olga in der SED war, hat sie es tatsächlich geschafft. Sie bekam ihre spontane Aktion im Nachhinein genehmigt. Sie war sogar damit im Westfernsehen. Die Wessis fanden es aufregend, daß so etwas im bürokratischen Sozialismus möglich war.

Olga lebte so, wie ich immer leben wollte, frei, unabhängig, mit Kind ohne Mann, in einer eigenen Wohnung. Als sie das hier durch hatte, ich meine, als ihre Wohnung legalisiert war, ist sie nach Berlin gezogen. Wir sind aber in Kontakt geblieben. - Doch wahrscheinlich wollen Sie was anderes von mir wissen?«

»Was ich Sie eigentlich fragen wollte, ist, wie Sie auf die Engelserie gekommen sind und auf das Kreuz für die Kirche in Salzgitter und den Altar aus Schrotteilen für Leipzig. Darüber will ich schreiben. Sie aber haben angefangen, mir von sich selbst zu erzählen. Das hat hier noch niemand. Und« - jetzt wurde er auch noch rot - »jetzt fühle ich mich etwas weniger in der Fremde als noch heute Morgen.«

»Ich werde Sie doch wohl hier nicht beheimaten?«

»Wenn Sie mir noch mehr von sich erzählen, werde ich vielleicht einmal an einem freien Tag nicht nach Hause fahren, sondern hier bleiben, ganz aus freien Stücken.«

»Auf diese atemberaubende Aussicht müssen wir anstoßen!« Sie holte zwei Gläser aus dem Küchenschrank, wischte sie aus und stellte sie auf den Tisch, ging zum Kühlschrank und kam mit einer Sektflasche zurück.

»Ich habe noch nie den berühmten Rotkäppchen-Sekt getrunken«, sagte Christian.

»Da muß ich Sie enttäuschen. Ich habe hier nur spanischen mit einem unaussprechlichen Namen. Rotkäppchen-Sekt ist zur Zeit schwer zu bekommen. Außerdem ist er ziemlich süß, und Ihr von Drüben trinkt doch ohnehin lieber den trockenen.«

Auf dem Nachhauseweg - Christian wohnte bei der sehr evangelischen Witwe Wilma Barleben in der Nähe seiner Redaktion - ging Christian die Promenade der Völkerfreundschaft entlang. Er lehnte sich an das Eisengeländer und sah der Elbe zu, die schwarz unter ihm vorbeiströmte, sog den kühlen, brackigen Flußgeruch auf. Lauter Elbe-Gerüche. Ob er sich daran würde gewöhnen können?

Angefangen hatte Elbe Fabricius mit Zinkblech. Als ihre Eltern geschieden wurden, der Vater in den Westen ging, kam sie zu den Großeltern. Auf diesem Hof zwischen all den Metallen lebte sie von der Einschulung bis zur Jugendweihe. Dann holte die Mutter - die war inzwischen wieder verheiratet - sie zurück. Als Vierzehnjährige konnte sie auf den neuen kleinen Bruder aufpassen. Doch auch in dieser Zeit war sie, mit und ohne den kleinen Bruder, so oft es ging in der Werkstatt.

»Die Schlosserei meines Großvaters ist kein ›volkseigener Betrieb‹ gewesen. Das hat es auch gegeben. Vielleicht war sie als Betrieb zu klein. Mein Großvater war ein Eigenbrödler, bekam keine öffentlichen Aufträge, hat auch nicht ausgebildet, hielt sich mit Reparaturen über Wasser. Aber er kam viel herum, brachte alle möglichen Metallteile mit. Für mich waren Dachrinnen-Reste am interessantesten. Aus ihnen schnitt er Gesichter, zeigte mir, wie man Augen, Mund und Nase aufzeichnet, wie man mit der Blechschere umgeht.«

Mit Gesichtern hatte sie es immer noch. Die waren jetzt ihre wichtigste Einnahmequelle: Köpfe in verschiedener Größe mit abstehenden Drahthaaren: König und Königin, Rundköpfe und Spitzköpfe, Clowns mit dicker Nase, ein Fräulein mit Hütchen und Kußmund, Brillengesichter.

Sie machte Köpfe mit Bärten als Haken, an die Wand zu hängen: »Designer-Schlüsselbretter«, Köpfe über Kleiderbügeln: »Designer-Herrendiener«, Köpfe auf Stangen für draußen: »Designer-Vogelscheuchen«.

Inzwischen hatte sie sich von Zink auf Stahlblech umgestellt, ließ die Umrisse lasern. Alles andere arbeitete sie von Hand: »Jeder Kopf ein Unikat!«

An Wochenenden war sie mit ihrem »Großraum-Trabi« im Westen unterwegs, verkaufte ihre Köpfe auf Kunsthandwerkermärkten.

»Sind Sie auch ins Ruhrgebiet gekommen?«

»Nach Bochum, Zeche Friedlicher Nachbar.«

»Ach ja, die alte Maschinenhalle«, sagte Christian.

Bekannt über die Märkte hinaus wurde Elbe Fabricius mit ihrem kleinen Engel.

»Das ist Fritz Engels der Erste.«

Sie zeigte Christian eine buchhohe Blechfigur mit ausgebreiteten Flügeln, die einen Kerzenhalter trug. Die Flügel waren geschmückt mit goldenen Flecken.

»Das ist aufgepinseltes Messing mit einer Schweißnaht drumherum. Die Flecken reflektieren das Licht unterschiedlich, je nachdem, wie weit die Kerze heruntergebrannt ist.«

Sie zündete eine Kerze an, und bewegte sie vor der Figur. Der Engel begann zu leuchten.

»Und warum heißt er ›Fritz Engels‹?«

»Sollte ich den kleinen Kerl etwa Friedrich nennen?«

Im Herbst 1990 war die Redakteurin einer Frauenzeitschrift auf den Engel aufmerksam geworden. Anfang November erschien er dort abgebildet als Tip für ein »ausgefallenes Weihnachtsgeschenk«, nicht ohne daß seine Herkunft aus den »Neuen Ländern« deutlich erwähnt wurde.

Elbe konnte sich plötzlich vor Aufträgen kaum retten, hatte Tag und Nacht zu tun. Und seitdem war sie, wie sie einer christlichen Wochenzeitung entnahm, eine stark von Ernst Barlach beeinflußte Künstlerin. - »Man achte nur einmal auf die Nähe ihres Engels zu Barlachs ›Zweifler‹!« - Führend in der »Schwerter-zu-Pflugscharen-Bewegung«, habe sie in den achtziger Jahren, um ihrer religiösen und künstlerischen Identität willen, mit dem atheistischen Regime gebrochen, habe sich, in innerer Emigration, ohne je auf künstlerische Anerkennung hoffen zu können, ihrer sakralen Kunst gewidmet. Und erst jetzt finde sie die Beachtung, die ihr unter dem ›real existierenden Sozialismus‹ versagt geblieben war«.

»Haben Sie die Schwerter-zu-Pflugscharen-Bewegung hier in Magdeburg ins Leben gerufen?«

»Nein, aber ich bin deswegen von der Hochschule geflogen.«

»Aus religiösen Gründen?«

»Wahrscheinlich bin ich überhaupt eine Heilige«, grinste sie, »die heilige Elbe«. Seit Mechthild von Magdeburg hat es hier siebenhundert Jahre lang keine gegeben. Da wurde es allmählich Zeit.«

»Und wie war das mit den Schwertern und den Pflugscharen?«.

»Wie man Schwerter zu Pflugscharen umarbeitet, das interessierte mich vom Handwerklichen her. Ich hatte einen alten, eingedellten, aber echten DDR-Armee-Helm. Dem habe ich eine Halterung angeschweißt und daran einen Besenstiel montiert. Das Ding war ausgesprochen praktisch, zum Beispiel, um hier Sachen aus der Elbe zu fischen oder den Dreck vom Ufer in die Strömung zu stoßen.

Dann gab es eine schüchterne Demonstration: Ein paar Pappen mit ›Schwerter zu Pflugscharen‹ wurden hochgehalten. Wir trugen diese Aufnäher am Ärmel, und ich mit meinem umgerüsteten Helm über der Schulter. Wir sind nicht weit gekommen. Die Demonstration wurde aufgelöst, die Pappen heruntergetreten, die Aufnäher abgerissen.

Mit meinem Gerät wußten sie nicht so richtig was anzufangen. Ich habe ihnen erklärt, das sei ein Schwert zu einer Pflugschar umgeschmiedet, ein Helm zu einem sinnvollen Handwerkszeug umgerüstet, zu einem Jaucheschöpfer zum Beispiel. Danach war ich nicht mehr würdig, an einer Universität unseres Arbeiter- und Bauernstaates weiter zu studieren, und bin seitdem nichts weiter als eine Metallarbeiterin. Vom Handwerk verstehe ich etwas. Ich habe nach dem Abitur erst eine Schlosserlehre gemacht, bevor ich Maschinenbau studierte.«

»Hast du jemals eine Zeile über diese Elbe Fabricius zu Papier gebracht?« fragte Julia.

»Ich bin nicht mehr dazu gekommen«, antwortete Christian. »Ich kann nicht gut über jemanden schreiben, an dem mein Herz hängt.«

14

An diesem Abend im Juni, es war fast schon Nacht, war sie gekommen. Die Witwe Barleben sah demonstrativ auf die große Standuhr im Flur, auf der es zehn Minuten vor Zehn war, bevor sie - »Wen darf ich bitte melden?« - Frau Fabricius bei Christian anmeldete.

»Ich habe kein Telefon«, sagte Elbe. »Da mußte ich schon selber kommen.« Und da Damenbesuch - sie sah Frau Barleben verschwörerisch an - um diese Zeit sicher ungelegen sei, wollte sie fragen, ob Christian mit ihr nicht noch »einen Weg« machen möchte, um die notwendigen Abklärungen wegen des Interviews zu treffen. In den nächsten Tagen sei sie verreist, und Frau Barleben möchte bitte die späte Störung entschuldigen.

Christian beeilte sich, zu versichern, daß Frau Fabricius ihm mit diesem »Überfall« sehr aus der Klemme geholfen habe, weil auch er in den nächsten Tagen unabkömmlich sei - die Landessynode! -, und ging mit ihr.

Sie packte ihn in ihren Kombi. Mit dem holperten sie durch die Stadt. Ihr aufregender Geruch füllte den engen Behälter, und Christian fragte sich mit zunehmendem Herzklopfen, worauf er sich da eingelassen hatte. Die Durchfahrt war offen. Elbe fuhr hinein, und Christian half ihr das Tor zuzumachen.

»Wir haben Vollmond«, sagte sie, faßte Christian an der Hand, zog ihn mit sich. Der Mond stand groß über dem Fluß. Sein Wiederschein bildete eine Straße vom jenseitigen

Ufer bis wo sie standen. Es war eine der ersten warmen Nächte des Jahres, und sie hielten sich immer noch an den Händen.

»Kann man darauf übers Wasser gehen?«

»Das ist keine Straße, um darauf zu gehen«, sagte sie, »das ist eine Straße, um angeschaut zu werden.«

Sie standen am Ufer wie festgewachsen, sahen die Mondstraße an und die Alte Elbe, die durch sie hindurchfloß. Als eine Wolke den Mond zudeckte, war die Straße verschwunden, nur noch der fahlgraue Fluß.

Das war wie Aufwachen. Elbe ließ Christians Hand los, trat einen Schritt zurück.»Schade!«

Christian sah sich um. Da bot sich ihm eine Szene, die gespenstisch und zum Lachen zugleich war. Ein Dutzend Köpfe auf Stangen bildeten einen Halbkreis, offen zum Mond hin und offen zum Wasser. Er sah sie alle wieder, die Rundköpfe und die Spitzköpfe, den Clown, den Bebrillten und das Fräulein. In der Mitte König und Königin.

»Komm, faß mit an!« Da hatte sie ihn mit »Du« angeredet. Sie ging ihm voran in die Werkstatt und zog eine Decke von dem Sofa, das dort stand.

»Meine ›Scheselong‹.«

Es war ein geräumiges Möbel und schwer. Gemeinsam schleppten sie es nach draußen, stellten es in den Halbkreis der Stangen-Köpfe. Christian keuchte.

»Halt fest!« Sie schob drei Backsteine unter die linke hintere Ecke; da fehlte ein Bein.

»Setz dich!«

Christian notierte zwei Gedanken: Ihr Duzen war kein Versehen gewesen, und: Die Inszenierung war gekonnt. Ob sie das schon oft gemacht hatte?

Elbe zündete Windlichter an, den Mond zu unterstützen. Die standen auf am Boden verteilten Metallkopf-Rohlingen.

Sie hatte etwas von einer Hexe, wie sie da hin und herhuschte. Überall, wo sie sich hinhockte, leuchtete ein Licht auf. Die Köpfe auf den Stangen reflektierten die Lichter auf eigenartige Weise, zogen Grimassen, lachten unaufhörlich ohne jeden Laut.

Elbe ging zum Fluß, angelte eine Flasche am Bindfaden aus dem Wasser.

»Rotkäppchen-Sekt«, sagte sie, »wegen der Beheimatung.«

Sie saßen auf dem Sofa wie auf einem Floß. Christian fand, daß ihm Sekt noch nie so gut geschmeckt habe.

»Daran könnte ich mich gewöhnen«, sagte er.

»Woran?«

»An Rotkäppchens Heimat.«

Elbe, die Seitenlehne im Rücken, hatte die Füße auf den Sitz genommen. Ihre Knie leuchteten weiß im Schein des Mondes und der Windlichter.

»Jetzt würde er nichts lieber tun, als ihr Knie anfassen«, sagte der König zur Königin.

»Und warum tut er es nicht? Sie wartet doch drauf.«

Aber da war Elbe aufgestanden, zum Wasser gegangen, eine neue Flasche holen.

»Vielleicht klappt es später«, meinte der Clown. »Aber spannend ist es allemal. Zuerst will er tatsächlich nichts weiter, als das Knie anfassen...«

Elbe kam zurück und hielt Christian die nasse Flasche hin. Das Elbwasser tropfte auf seine Hose.

»Flaschenöffnen ist Männersache!«

Und dann saßen sie dichter zusammen.

»Der Mond ist weitergezogen, hat seine Straße mitgenommen«, sagte Elbe. »Aber die Sterne liegen noch im Wasser.«

»*Dieselben Sterne, die im Himmel liegen, liegen auch in der Elbe. Vielleicht sind wir gar nicht so weit ab vom Himmel*«, sagte Christian.

»Ist das von dir?«

»Dann wäre ich ja ein Dichter! Nein, das ist von Wolfgang Borchert. Und der meinte die Sterne, die bei Hamburg in der Elbe liegen.«

»Die Sterne, die bei Hamburg in der Elbe liegen, liegen auch hier in der Elbe. Aber es gibt nur ein paar Nächte im Jahr, wo der Mond auf einer Straße über den Fluß kommt.«

»Sind das die Nächte, in denen du auf dem Mond lebst?«

»Ich lebe nicht auf dem Mond. Ich lebe an der Elbe. Aber die ist besonders schön, wenn der Mond scheint.«

»Ja«, sagte Christian, »bei Mondschein bist du besonders schön.«

Sie saßen jetzt sehr dicht beieinander, und er atmete ihren Geruch. Er hatte ihr die Hand auf die Schulter gelegt, strich mit dem Mittelfinger ganz langsam den Hals hinauf bis zu ihrem Ohrläppchen und wieder zurück.

»Später wird sie behaupten«, sagte der König, »er habe nicht nur ihren Hals gestreichelt, sondern tiefer gefaßt.«

»Sieh doch hin«, sagte die Königin, »er hat schon. Und sie hält ganz still. Das ist doch sonst nicht ihre Art.«

»Ach ja«, seufzte das Fräulein.

Die Windlichter waren ausgebrannt. Der Mond hatte sich hinter die Pappeln verzogen. Es leuchteten nur noch die Sterne. Elbes Kopf lag an Christians Hals, ihre Hand war damit beschäftigt, sein Hemd aufzuknöpfen. Dabei summte sie leise vor sich hin.

»Hörst du, was sie da summt?« fragte der König.

»Klar doch«, antwortete die Königin: »*Völker hört die Signale!* Ihre Brustwarzen läuteten Sturm.«

»Wollen wir reingehen?« fragte Elbe.

»Müssen wir reingehen?«

»Hier geht das auch«, sagte sie. »Ich habe eine Decke in der Werkstatt. Und im Fluß ist noch eine Flasche vom Rotkäppchen.«

»Vielleicht für später?«

Die Decke, die Elbe und Christian in dieser Nacht vor der aus dem Fluß steigenden Kühle schützte und ihren Schlaf behütete, war eine grobe, graue Wolldecke, mit »Kopfende« und »Fußende«, wie sie in Kasernen und Jugendherbergen Verwendung findet. Sie hing, als Christian nach dem Synoden-Wochenende wieder in die Werkstatt kam, über einer sitzenden Figur.

»Wer ist denn da drunter?«

»Sieh nach!«

Christian zog die Decke weg, sah gebogene Eisenstangen.

»Das ist der Unterbau, oder das Skelett, wenn du so willst, Armierungseisen, Schrott von Baustellen. Siehst du? Hier die Schultern, die Arme, hier die Knie, und diese Stange ist das Rückgrat.«

»Ein sitzender Mensch?«

»Ja, mein Liebster.«

Sie wischte ihm mit dem Zeigefinger ihres großen Handschuhs über die Nasenspitze. Die wurde schwarz.

»Das wird eine Madonna.«

»Eine Madonna? Einfach so?«

»Nicht einfach so! Das ist eine Auftragsarbeit. Die ist für

die Kirche am Stadtrand von Leipzig, für die ich schon den Altar gemacht habe. Vor 30 Jahren, als dort eine Siedlung gebaut wurde, hat man, vergeßlich, wie man damals war, nicht an eine Kirche gedacht. Das ist nach der Wende bemerkt worden, und nun wurde die Kirche nachgebaut. Und weil es eine katholische ist, braucht sie eine Madonna. Die wird in einer Nische sitzen, auf ebener Erde. Man kann um sie herumgehen, kann sie anfassen; eine Frau, nicht mehr jung, eine Frau, wie eine von uns, eine Frau, die alles erlebt hat, aber nicht bitter geworden ist. Und zugleich soll es eine hoheitsvolle Gestalt werden, eine Königin. Wenn du willst, eine Göttin. Ich werde ihr deshalb den Oberkörper etwas länger machen.«

Elbe sah Christian an. »Aber du hast ja eine schwarze Nase«, sagte sie und wischte mit ihrem Handschuhfinger gleich noch einmal drüber.

»Jetzt ist sie noch schwärzer geworden. Und ebenso sähe dein papierweißes Hemd aus, wenn ich dich jetzt umarmte. Keine Angst, ich tue es nicht.«

Christian ging nicht auf ihren Ton ein. Er hielt seine Tasche mit beiden Händen vor der Brust und starrte auf das Gewirr von gebogenem Eisen. Elbe zog ihre Handschuhe aus und legte sie auf die Werkbank. Sie deckte ihr angefangenes Werk wieder zu, griff in ihren Overall, brachte ein Taschentuch zutage, »noch nicht benutzt«, spuckte darauf und wischte damit den Eisenstaub von Christians Nase.

»Ob sie mit mir sprechen wird?«

»Wer?«

»Die Madonna. Wenn sie fertig ist.«

»Die Madonna, auch wenn sie fertig ist, wird ein Gegenstand aus Eisenstangen und Stahlblech sein, hergestellt von mir in dieser Werkstatt.«

»Es gibt Madonnen, die sprechen mit mir«, sagte Christian.

»Jetzt spreche ich mit dir. Hast du Lust, mit mir an die Elbe zu fahren? Hinter Burg kenne ich eine sehr schöne Stelle, ganz einsam, direkt am Wasser.«

»Ja, Madonna!« sagte Christian.

Da wo der Sandweg endete, ließen sie das Auto stehen, standen vor einer Wand aus Schilf. Die Öffnung mit dem schmalen Pfad dahinter sah nur, wer sie kannte. Christian kam die Erinnerung an seinen Weg mit Marion durch das

Schilf zu seiner Insel. Das war vierunddreißig Jahre her. Elbe ging voran, er folgte ihr durch das Schilfmeer, bis sie plötzlich auf einem freien Platz standen, unmittelbar am Elbufer. Der Fluß beschrieb hier einen Bogen, sie konnten seinen Lauf nach beiden Richtungen hin weit verfolgen. Zwei Lastkähne mühten sich stromaufwärts, kamen langsam auf sie zu.

»Der letzte naturnahe Strom Mitteleuropas«, sagte Christian. »Das Schicksal anderer Flüsse, aufgestaut, ausgebaggert, kanalisiert, betoniert, ist ihm bis jetzt erspart geblieben, bloß weil das Geld fehlte.«

»Das sagt man von der Oder auch. Aber ich bin die letzte naturnahe Frau Mitteleuropas«, sagte Elbe, nahm Anlauf und machte Handstand auf der Wiese.

»Wenn nicht du, wer sonst?« meinte Christian, als sie wieder auf die Beine gekommen war. »Bist du einmal ans andere Ufer geschwommen?«

»Ein einziges Mal. Da war ich noch jung. Eine Mutprobe, zwei Jungen und ich. Ich war als erste drüben, wir hatten kein Badezeug mit, und drüben sah es genau so aus wie auf dieser Seite. Hier war der Fluß ja nicht mal Grenze. Wir waren ziemlich weit abgetrieben und mußten auf der anderen Seite die Strecke wieder zurücklaufen, nackend und barfuß auf frisch gemähter Wiese. Und kalt war es!«

Christian lag auf dem Rücken im Gras, seine Tasche unter dem Kopf und sah in den Himmel. Der war blau, wie ein oft gewaschenes FDJ-Hemd.

Ob sie bis vor zwei Jahren das Gefühl gehabt habe, in einem anderen Staat zu leben?

Sie beugte sich über ihn, kitzelte ihn mit einem Grashalm und sagte: »Ich habe immer an der Elbe gelebt.«

Das sei nicht seine Frage gewesen.

»Ich war natürlich Junger Pionier und war stolz darauf. Und dann in der FDJ: ›Seid bereit - immer bereit!‹«

»Ich war bei den Pfadfindern«, sagte Christian. Da hieß das: ›Allzeit bereit!‹«

»Unterbrich mich nicht«, sagte Elbe, »ich versuche gerade, dir etwas zu erklären.«

Sie sah den beiden Lastkähnen zu, die tief im Wasser liegend, an ihnen vorbei tuckerten.

Zwar habe sie jahrelang das Gefühl gehabt, daß ihr etwas Wichtiges vorenthalten werde. Sie konnte zum Beispiel ihren Vater nicht besuchen, der nach der Scheidung in den Westen gegangen war. »Übrigens nach Hamburg, der war auch von der Elbe nicht losgekommen.« Sie selbst sei aber nie auf den Gedanken gekommen, »so« nach drüben zu gehen, habe auch die Fluchtwelle Sommer '89 über Prag und Ungarn, mit erheblicher Distanz erlebt. »Ich bin hier, wohne hier am Fluß. Das läßt man nicht einfach hinter sich.«

Nur einmal war sie in Versuchung geraten, Magdeburg zu verlassen. Aber nicht in den Westen.

»Das war als Olga nach Berlin zog. Da habe ich sehr überlegt, ob ich mitgehe. Ich bin dann doch hier geblieben. Meine Schlosserlehre war auch noch nicht zu Ende. Aber, anders als meinen Vater in Hamburg, konnte ich sie in Berlin besuchen. Und vielleicht kommt sie ja wieder zurück.«

»Männer?«

Jetzt legte Elbe sich zurück und guckte in den FDJ-Wäsche-blauen Himmel. Sie spuckte den Grashalm aus, an dem sie gerade zu kauen begonnen hatte, und sagte: »Das ist eine Geschichte von Wiederholungen. Die kann in zwei Sätzen abgewickelt werden.«

Viele seien es nicht gewesen und die meisten davon viel älter als sie. Und dann sei immer derselbe Film abgelaufen. Sie habe ihre Männer als Ersatz für den verlorenen Vater gebraucht, habe versucht, sich an ihnen auszuprobieren, bis die das wiederholten, was Elbe in der Kindheit erlebt hatte, bis sie wieder gingen.

»Das war es eigentlich. Schön für mich ist etwas anderes: Ich bin gerne mit Olga zusammen. Bei ihr bin ich ganz bei mir. Das bin ich sonst nur hier am Fluß. - Ach, laß uns von was anderem reden.«

»Deine Arbeit?«

»Was ist mit meiner Arbeit?«

»Wie, zum Beispiel, bist du auf das Kreuz gekommen? Bist du im Grunde deines Herzens nicht doch furchtbar religiös?«

»Das Kreuz«, sagte Elbe und hielt zwei Grashalme kreuzförmig übereinander, »ist eine ausgesprochen gelungene Form. Es verbindet Vertikale und Horizontale, Himmel und Erde. Und es läßt sich leicht herstellen. Man braucht nur gerade Stücke oder Röhren. Die fallen auf allen Schrottplätzen an. Ich habe mit dieser Form gerne gearbeitet, habe sie immer wieder variiert. Meine Kreuze standen und lagen auf dem Hof herum, darunter schöne Teile. Nur nahm niemand Notiz davon. Das wurde erst anders, als man mich als ›religiöse Künstlerin‹ entdeckt hatte. Die meisten gingen als Grabkreuze weg. Man mußte nur noch eine Platte mit dem entsprechenden Text draufschweißen. Das kannst du überall haben.«

»Ist so auch das Kreuz für Salzgitter entstanden?«

»Das war mein erster größerer West-Auftrag: Ein Drei-Meter-Kreuz aus Schrotteilen an der weißen Außenwand einer Kirche, die ›Christkönig-Kirche‹ heißt. Die wollten eigentlich sowas wie von Richard Serra, nur religös und billiger. Und es gab eine Vorgabe: Ich mußte mir die Teile auf den Schrottplätzen in Salzgitter zusammensuchen, wegen der Ortsgebundenheit.

Das Kreuz ist schön geworden. Mußt du dir mal ansehen. Zusammengeschweißt aus unterschiedlich starken und unterschiedlich langen Eisenrohrstücken, insgesamt 104. Das Eisen ist nicht bearbeitet. Es rostet. Und so ist das auch gedacht: Das Kreuz soll nicht ewig dauern, wird eines Tages - aber das hält schon noch eine Weile - verrostet sein. Es hängt an einer verzinkten Halterung zwanzig Zentimeter von der Wand ab, damit die Rostspuren nicht daran herunterlaufen. Wo Längs- und Querbalken zusammenkommen, habe ich den König mit Krone aus meiner Kopfserie angebracht, vergrößert und ohne Gesicht. Der ist aus rostfreiem Stahl. Der korrodiert nicht. Und so wird sich der Königskopf im Verlauf der Zeit immer deutlicher von dem rostenden Kreuz abheben.«

»Der unvergängliche Christus auf dem vergänglichen Kreuz«, sagte Christian, »aber religiös bist du überhaupt nicht!«

»Es ist nicht so sehr eine Frage der Religiösität als des Handwerklichen«, sagte Elbe. »Zum Beispiel der Altartisch für Leipzig. Auch ein Altar ist ein Tisch. Der wird aus einem bestimmten Material hergestellt, hat eine bestimmte Größe, steht frei und darf nicht wackeln. Dazu brauchst du keine Religion.«

»Und was ist mit der Madonna, an der du jetzt arbeitest?«

»Meine ersten Skulpturen waren, wie du weißt, aus Dachrinnenblech«, sagte Elbe. »Fast immer sind es Frauen gewesen, an denen ich mich versucht habe.«

»Warum nicht Männer?«

»Frauen sind interessanter. Und wenn du dich mit Frauen beschäftigst, kommst du irgendwann nicht mehr an der Jungfrau Maria vorbei. Als ich die Anfrage aus Leipzig bekam, konnte ich denen eine ganze Reihe von Skizzen vorführen, stehende, gehende, sitzende, kniende, liegende Frauen, die in ihrer Mehrzahl auch Vorlagen für eine Madonna sein konnten. Sie entschieden sich für die sitzende.«

Julia war aufgestanden und ans Fenster getreten. »Es ist so schönes Wetter«, sagte sie, »wie eine Ahnung, daß der Winter einmal zu Ende sein könnte. - Deck dich zu, ich mache das Fenster auf.«

Durch das offene Fenster kam die Sonne herein und kühle Luft. Christian horchte nach draußen.

»Hörst du die Amsel? So früh im Jahr!«

»Ich kann sie sehen«, sagte Julia, »sie sitzt da drüben in der Kastanie. - Aber jetzt ist es hier drin kalt genug.« Sie schloß das Fenster, setzte sich wieder zu Christian ans Bett.

»Warst du dabei, wie Elbes Madonna entstand?«

»Meine bisherigen Madonnen haben sich mir immer fertig vorgestellt,« sagte Christian, »fertig seit ein paar hundert Jahren. Die waren aus Holz oder aus Stein. Ein Madonnen-Projekt, und dazu eines in Metall, das war neu für mich. Ich habe Elbe gefragt, ob ich zusehen könnte, wie sie an der Figur arbeitet. Zuerst hat sie abgelehnt. Das sei ein Prozeß, der gehe nur sie und ihre Figur an. Da habe ich dann meinen ganzen Charme aufgeboten...«

»Deinen was?« kicherte Julia.

»Meinen Charme.«

»Entschuldige! Ich wußte nicht, daß du so was besitzt.«

»So etwas besitzt man nicht, das entsteht in Kommunikation.«

Julia sah das Gesicht ihres Vaters an, das blaß und verwelkt in den Kissen lag. Nur seine Augen waren klar und lebendig.

»Was ist?«

Sie nahm sich zusammen. »Also«, sagte sie, »du hast deinen ganzen Charme aufgeboten, und damit hast du sie natürlich herumgekriegt.«

Christian grinste. »Ich durfte kommen und zugucken. Allerdings unter Bedingungen.«

»Welche?«

»Ich mußte auf dem Sofa sitzen, durfte nicht in der Werkstatt herumlaufen, keine Fragen stellen, keine Kommentare abgeben. Und maximal eine Stunde am Tag.

Meistens war ich in der Mittagszeit da. Elbe benahm sich so, als sei sie allein mit ihrer Figur. Sie sang, pfiff, schimpfte, fluchte, sprach mit der Jungfrau, trat auch mal nach ihr, küßte das Blech, wenn etwas auf Anhieb gelungen war. Und ich saß in der Sofaecke und rührte mich nicht.

Und, das kann ich dir sagen, der künstlerische Vorgang der Entstehung einer Heiligen, ist durchaus kein meditativstiller, sondern einer, der mit Hämmern, Fräsen, Schweißen und Schleifen verbunden ist. Am lautesten war es, wenn Elbe mit ihrer neuen Flex Schweißnähte schruppte. Es gab Tage, da sah ich nur sprühende Funken, und die Ohren dröhnten mir so, daß ich froh war, als ich wieder gehen konnte.

Das hat den ganzen Herbst gedauert, und es war eindrucksvoll, zu erleben, wie sie die Figur aufgebaut hat. Von unten nach oben. Zuerst der lange Rock. Der ließ die Füße frei. Darüber das Tuch vom Kopf über den Oberkörper. Aus dem kamen ihre Arme hervor, die Hände mit den Innenflächen nach oben auf den Knien.

Mitte November war die Figur fertig. Nur mit den Gesichtern, die sie entwarf und ausprobierte, war Elbe nicht zufrieden. Das eine war ihr zu fromm-ergeben ›so etwas Bigottes!‹). das andere zu abgeklärt-erhaben (›als wäre ihr alles Menschliche fremd!‹), das dritte zu freundlich-besorgt (›Krankenschwester!‹).

Ich hörte sie tagelang nur fluchen. Sie war schließlich drauf und dran, den Auftrag zurückgegeben, die Jungfrau als Ruine in den Hof zu stellen und vergammeln zu lassen.

Da blieb sie auf ihrer Wanderung durch die Werkstatt plötzlich vor mir stehen.

›Hast du deinen Fotoapparat dabei?‹, und als ich nickte: ›Komm mit!‹ Ich bewog sie, wenigstens noch ihr Arbeitszeug auszuziehen, dann fuhren wir zum Dom. Elbe ging, dem heiligen Haus ungebührend eilig, durch den nördlichen Seitenflügel. Ich bemühte mich, ihr zu folgen, dabei aber einen gemessenen Schritt beizubehalten. Vor Barlachs Ehrenmal bog sie links ab in die Paradiesvorhalle. Dort, in der Wand des Nordhausportals, ziemlich weit oben, stehen die zehn klugen und törichten Jungfrauen.«

»Was für Jungfrauen?«

»Mit der Bibel hast du es wohl nicht so«, sagte Christian. »Es geht um das Gleichnis von den fünf klugen Jungfrauen, die gut vorbereitet waren, um den Bräutigam zum Hochzeitshaus zu geleiten, und den fünf törichten, die, weil sie vergessen hatten, Öl für ihre Lampen zu besorgen, zu spät kamen und keinen Einlaß mehr fanden. Lies mal Matthäus 25!«

»Danke für die Nachhilfe«, sagte Julia.

»Elbe sah zu den Figuren auf, als habe sie sie gerade entdeckt. Ich holte meinen Apparat aus der Tasche und guckte ebenfalls nach oben. Mein Nacken wurde steif, da sagte sie: ›Linke Gruppe: die zweite von links und die erste von rechts. Rechte Gruppe: die erste von rechts, nein lieber die zweite, oder? Ach, nimm alle Gesichter, auch die von links.‹

Als ich fertig war, umarmte sie mich, küßte mich heftig und sagte: ›Ich habe nie gedacht, daß man dich auch für etwas Wichtiges gebrauchen kann.‹

Inzwischen war eine Kirchenführung in den Raum gekommen. Die Leute stellten sich im Halbkreis um uns auf, und als Elbe von mir abließ, sagte die Frau, die die Gruppe führte: ›Wenn Sie soweit sind, Herr Droste, können wir vielleicht anfangen.‹ - Es war meine Dom-Berichterstatterin.

Ich habe die Jungfrauen-Köpfe soweit vergrößert, daß sie Elbes Madonnenkopfgröße entsprachen, habe davon auch Folien hergestellt, damit Elbe sie übereinanderlegen und einzelne Partien vergleichen konnte. Daraus ist dann ein neues Gesicht entstanden, Elbes Madonnengesicht.«

Die Entstehung des Gesichts erlebte Christian nicht. Elbe verbot ihm strikt die Werkstatt, ließ sich weder durch seinen Charme noch durch Argumente erweichen.

»Das ist eine verteufelt diffizile Arbeit«, erklärte sie, damit muß ich nun wirklich ganz allein sein. Doch du bist der erste, der die fertige Figur zu sehen bekommt. Versprochen!«

In diesen Wochen erlebte Christian Elbe ausgeglichener aber auch fremder. Ihre unbeherrschten Fluchserien verloren wie auch ihre überraschenden Zärtlichkeitsanfälle. Die Nächte wurden mehr, in denen sie beieinander lagen, aber nicht miteinander schliefen. Es war, als wollte sie ihn bei sich haben, sich aber je länger je weniger auf ihn einlassen. Christian machte sich keine Gedanken darum. Ohnehin hatte er viel zu tun. Es war die Phase in seiner Arbeit, in der alles angelaufen war, aber ohne ihn noch nicht lief.

Elbe war mehrmals in Berlin, Olga besuchen. Bis Weihnachten sollte die Madonna fertig sein. Für Christian ging es im Advent um Bazare, Heiligabend um Besucherzahlen, Weihnachten um bischöfliche Botschaften, Silvester/Neujahr um Rückblicke und Ausblicke.

Am Wochenende vor Weihnachten fuhr er nach Hause. Das war dringend nötig, er war lange nicht da gewesen, und als er am Tag vor Heiligabend wieder nach Magdeburg zurückkam, fand er einen Brief von Elbe im Kasten: Die Madonna sei fertig. Poliert und gefirnißt. Und er solle sie sich bitte ansehen. Sie, Elbe, habe die Werkstatt aufgeräumt, sechzehn Stunden geschlafen und dann beschlossen, sofort nach Berlin zu fahren. Sie werde also Weihnachten nicht in Magdeburg sein, sondern bei Olga bleiben und dann mit ihr nach Österreich zu einer Hütte fahren, Silvester feiern. Und »fröhliche Weihnachten« und einen »guten Rutsch« und »Millionen Küsse, Deine Elbe«, und er möge doch bitte die Blumen gießen.

Am Nachmittag des Zweiten Weihnachtstages, als der Kirchenstreß vorbei war, ging Christian zur Werkstatt. Zum ersten Mal war er allein dort. Sonst war es wie immer: die kleine Tür im Tor mit dem alten Griff, die Durchfahrt, der Trabant und sein Anhänger. Pappeln und Holunder standen kahl, durchsichtig und fröstelnd am Fluß. Christian trat ans Ufer. Die Alte Elbe, grau wie Zinkblech, strömte an ihm vorbei. Christian schloß die Werkstatt auf und tastete nach dem Schalter neben der Tür. Die Neonlampen sprangen an, ihr weißes Licht leuchtete den Raum aus. Die Werkzeuge hingen an ihren Plätzen, der Schutzhelm lag auf der Ablage über dem Schweißgerät, kein herumliegender Handschuh störte die Ordnung. Die Madonna saß, fertig zum Abtransport, auf einer Holzpalette, verhüllt mit der grauen Wolldecke. Nur ihre metallenen Füße sahen darunter hevor.

Christian kramte in dem alten Küchenschrank am Ende der Werkstatt, fand eine noch unangebrochene Packung weißer Haushaltskerzen. Er riß die Pappe auf, nahm die Kerzen heraus, steckte sie an und klebte sie sorgfältig auf den Zementboden. Ein Lichtermeer für Maria. Er löschte das grelle Neonlicht, setzte sich auf das Sofa der Madonna gegenüber, wartete, bis sich der Kerzenschein mit dem Dämmerlicht von draußen arrangiert hatte. Dann stand er auf, trat hinter die Figur, zog die Decke von ihr ab und legte sie auf die Werkbank, ging zurück zu seinem Platz.

»Du wirst dich erkälten«, sagte Maria, »solltest die Decke nehmen.«

Gehorsam stand er wieder auf, hüllte sich in das rauhe Tuch - darin hing ein Hauch von Elbegeruch - setzte sich wieder auf das Sofa. Und je länger er die Madonna ansah, um so mehr geriet er in ihren Bann.

Hier hatte er gesessen als sie hergestellt wurde, hatte, bis auf die letzte, jede Phase ihrer Entstehung miterlebt. Sie war es, ohne Zweifel, und doch war die Gestalt, die ihm hier in der leergefegten Halle gegenübersaß, eine ganz andere.

Sie hatte die spröde Anmut einer Schwarzen Madonna. Er konnte aber nicht sagen, von welcher Farbe sie eigentlich war. Das Licht der Kerzen brach sich vielfältig an ihrem schimmernden Leib, machte sie zu einem Spiegel des Lichtermeeres und aller Träume Christians von einer guten Mutter.

»Gefalle ich dir?«

Christian schrak auf, schluckte.

»Du bist das Schönste, was sie je geschaffen hat«, flüsterte er. Und als ob er sich zu weit vorgewagt hätte, fügte er hinzu: »Rilke würde dich eine ›Augenweide‹ nennen.«

»Wenn ich könnte«, gab sie zurück, »würde ich jetzt hold erröten.«

Ein Windzug unter der Tür durch ließ die Kerzen flakkern und die Madonna leuchten und funkeln.

»Für mich bist du vollkommen«, sagte Christian, »ja, so muß es heißen: ein vollkommenes Wesen.«

Da erhob sie Einspruch.

»Nein, das bin ich nicht. Ich kann zum Beispiel nicht lesen, auch wenn eine Reihe von Malern mich mit Buch dargestellt haben. Fra Angelico zum Beispiel. Aber, so schön die Bücher auch aussehen, und wie sehr sie meinetwegen den schrift-gewordenen Jesus symbolisieren, lesen konnte ich nie. - Mir muß immer alles erzählt werden. Auch heute noch. Darum kommen die Leute zu mir. - Mir mußte sogar erzählt werden, damals, daß ich einen Sohn bekommen würde.«

Christian lachte.

»Deshalb also der Besuch vom Engel Gabriel. Mir hat man beigebracht, das hinge mit deiner Jungfräulichkeit zusammen.«

»Tut es auch«, sagte Maria, »aber das solltest du dir merken: Meine Jungfräulichkeit ist keine biologische Information. Es geht dabei überhaupt nicht um Gynäkologie, sondern um Freiheit. Es geht um die eigensinnige, widerspenstige, kapriziöse Unabhängigkeit, auf die noch kein göttliches weibliches Wesen verzichtet hat. Frag wen du willst: Aphrodite, Artemis, Athene, Demeter, Sophia und auch Xochiquetzal.«

»Wen soll ich fragen?«

»Alle weiblichen Gottheiten«, fuhr Maria fort, »sind Variationen desselben Freiheits-Themas. Und die Männer blicken verwirrt in die Runde einer fest verschworenen Schwesternschaft. Zu dieser Schwesternschaft gehört übrigens auch deine Freundin Elbe.«

Christian holte tief Luft.

»Wie soll ich das verstehen?«

»Ich spreche von ihrer eigensinnigen Unabhängigkeit.«

»Wie eigensinnig sie sein kann, habe ich, weiß Gott, selbst erlebt«, sagte Christian, »aber...«

»Nichts aber. Sie hat dich verlassen«, sagte die Madonna.

»Was hast du gesagt?«

»Sie hat dich verlassen.«

»Das ist nicht wahr.«

»Hast du nicht gemerkt, wie sie während der Arbeit an mir immer weiter von dir abgerückt ist? - Sie liebt eine Frau. Die hat sie schon immer geliebt. Sie hat es nur nicht immer gewußt, weil es nicht wahr sein durfte.«

»Nein«, sagte Christian, »das darf nicht wahr sein.«

»Ich kann Frauenliebe gut verstehen«, sagte Maria. »Als

ich, will sagen: die Zimmermannsfrau, schwanger war, habe ich drei Monate mit meiner Freundin zusammengelebt.«

»Mit Elisabeth«, sagte Christian. »Aber das war ja wohl nicht dasselbe.«

»Natürlich war es nicht dasselbe. Jede muß ihren eigenen Weg finden. - Meiner ist in der Bibel nicht miterzählt worden. Deshalb die vielen Legenden. Und Elbe hat über der Arbeit an mir ihren Weg gefunden.«

»Daß du ihr gelungen bist wie nichts sonst, das sehe ich. Daß aber ausgerechnet ich bei ihrer Wegfindung auf der Strecke bleiben soll, das... Nein! Ich liebe sie doch!«

»Dann laß sie gehen.«

»Du bist ungerecht und parteiisch.«

»Also doch nicht vollkommen?«

Christian schwieg.

»Mein Junge«, sagte die Madonna, »dein Jahr Elbe war doch ein schönes Jahr. Das kann dir keiner nehmen. Nur du selbst, und nur, wenn du es darauf anlegst.«

Am Morgen danach, und dann noch viele Morgende, saß die Krähe Eifersucht an Christians Frühstückstisch. Sie aß von seinem Brot, trank von seinem Tee. Sie ließ sich nicht verjagen, nicht domestizieren. Sie schloß keine Freundschaft, wich jedem Zugriff aus, war immer da. Wandte er sich ab, krächzte sie ihr heiseres »Krah, Krah«, bis er wieder Notiz von ihr nahm. - Er nannte sie Olga.

15

Schwester Inge war gegangen. Sie hatte die Tür so leise hinter sich geschlossen, als sei die zerbrechlich. Christian, nach der Spritze leicht wie ein Vogel, war froh über die Schwere der Bettdecke. Wohin hätte er auch fliegen sollen?

Er schloß die Augen. Lauter schöne Bilder: Elbe im Mondlicht an der Elbe. Mona, Blütenstaub im Gesicht, auf der französischen Sommerwiese. Doro in der Nacht in seinem Taxi. Gisela, die ihr rotes Haar zurückwarf. Rosa, das Ei in der Hand, vor dem Amerikahaus. Marion auf seiner Insel im Schilfmeer. Eva am Kanal, eine kleine Katze auf dem Arm. Edith mit der rosa Schleife im Haar. Christian ließ den

Film weiter zurücklaufen, bis er ein kleiner Junge war. Da tauchte die Schürze seiner Mutter auf.

Sie hing, aufgehängt an ihren verknoteten Trägern, im Himmel. Oder in der Küche. Wenigstens weit oben - Christian konnte sie nicht herunternehmen - hoch wie am Himmel, in dem seine Mutter jetzt war.

Die Schürze war blau-weiß kariert. Oben am Rand, da wo die Träger ansetzten - und ebenso an der Taschenkante - eine Borte, blau wie das Blau der Karos und breit wie drei Würfelreihen. Darauf Blumen, die sich abwechselten. Die erste trug zehn schmale Blütenblätter. Die liefen an den Enden spitz zu wie bei Sonnenblumen. Die zweite hatte einen offenen Kelch wie eine Akelei und die dritte fünf Herzen als Blüte. Ihre Stengel waren gleich, auf jeder Seite je ein Blatt. Sie standen nicht aufrecht wie die Lilien auf dem Felde, sondern lagen hintereinander wie auf einem Laufband. Von der am weitesten rechts war noch der Stengel zu sehen, ganz links am Rand die Blüte.

Am Anfang hatte Christian gedacht, die Blumen kämen und gingen, so wie sie sich bewegten auf der Brust seiner Mutter. Er hatte sie genau beobachtet, hatte dabei angefangen, zählen zu lernen; zusammen mit ihr - auf ihrem Arm.

Christian lehnte sein Gesicht an die Schürze. Er roch Baumwolle, Kartoffelerde, Zwiebeln. Er bohrte seine Nase in den Stoff, bis er den Geruch seiner Mutter wahrnahm.

In der Schürzentasche war etwas Spitzes. Er untersuchte sie, fand ein kaum benutztes Taschentuch, beige mit abgestuften Brauntönen an den Rändern, ein Gummiband, einen weiß bezogenen Wäscheknopf, zwei zusammenhängende Sicherheitsnadeln und eine angebrochene Tüte mit Salmiakpastillen. - Seine Mutter hatte ihm gezeigt, wie man sechs davon auf den nassen Handrücken klebt, daß es aussieht wie ein Stern, und drüberhin leckt. - Er nahm sechs heraus, klebte sie auf, leckte daran und war ein bißchen getröstet.

Aus dem Wohnzimmer kam dieser Freud-und-Leid-Geruch - Geburtstagsduft und Begräbnisaroma - Kaffee und Streußelkuchen, Zigarettenrauch und das Geräusch von Flaschen und Gläsern.

»Komm, trink einen«, sagte Onkel Wolfgang.

»Ach Scheiße«, sagte Christians Vater.

Mit seiner Salmiakpastillenzunge kam Christian an die

Manschette seines weißen Hemdes; und sie hatten ihm doch gesagt, er sollte sich ein bißchen vorsehen an diesem Tage. Er nahm das Taschentuch aus der Schürze, spuckte auf die Manchette und wischte drüber. Die Spucke machte alles nur schlimmer. Christian fühlte sich elend und müde. Er ging nach oben. Auf dem Bett saß Paul. Christian legte sich zu ihm und nahm ihn in den Arm, drückte sein Gesicht an das Teddyfell. Pauls Ohr war immer noch ab. Die Mutter hatte es letzte Woche annähen wollen. Letzte Woche.

Letzte Woche hatte Christians Vater ihn mit ins Krankenhaus genommen. Da hatte er sie liegen sehen, die Hände schon gefaltet auf der Bettdecke; und er hatte zum ersten Mal diesen Geschmack von Messing auf der Zunge gehabt.

»Sieh mal«, hatte die Schwester zu Christian gesagt, »sieht sie nicht aus, als ob sie schläft?« Christian hatte ihr Gesicht angesehen, das hatte ausgesehen wie Wachs. Eine Fliege war darüber hingelaufen, bis der Luftzug durch das gekippte Fenster die Gardine über ihren Kopf geweht und die Fliege vertrieben hatte.

Ein Luftzug ging durchs Zimmer, und Christian spürte die Nähe seiner Mutter. Sie nahm ihre Schürze vom Himmel und deckte ihn zu. Dann beugte sie sich herab und küßte ihn auf die Stirn. »Und nun schlaf gut«, sagte sie.

»Hast du geschlafen?« Julia stand vor seinem Bett. Sie legte Mütze, Schal und Handschuhe auf die Fensterbank, nahm Christians Gesicht in ihre kalten Hände. Christian griff nach ihnen, hielt sie fest.

»Laß sie noch! Sie sind so schön kühl.«

»Hast du Fieber?«

»Ich habe von meiner Mutter geträumt.« Christian sah zum Marienbild an der Wand: »Sie sah aus wie die Madonna da drüben.«

»Wie lange ist sie schon tot?«

»Im Sommer werden es sechsundvierzig Jahre, daß sie mir, wie es in Grabreden heißt, ›genommen‹ wurde.«

Da hörte Christian die Madonna sprechen.

»*Wer könnte dir deine Mutter nehmen?*« sagte sie. »*Wie könnte deine Mutter von dir gehen? Sie ist dir umso näher, je älter du wirst und je länger es her ist, daß sie starb.*«

»Das habe ich schon irgendwo gelesen.«

»Haldor Laxnes, Der Gletscher«, sagte Maria.

»Was hast du gelesen?« Julia sah ihn fragend an. »Mit wem sprichst du?«

»Ich möchte in ihrem Grab beerdigt werden«, sagte Christian.

»In wessen Grab?«

»Im Grab meiner Mutter.«

Julia stand auf, ging zum Fenster. Schweigend sah sie nach draußen in die Kälte. Vor dem Haus gegenüber tanzten kleine Schneeflocken. Auf und ab, als habe die Erde ihre Anziehungskraft verloren.

Sie kam zurück, setzte sich wieder, sah Christian an: »Also, du möchtest im Grab deiner Mutter beerdigt werden.«

»Das hat mit Heimkehr zu tun, mit Rückkehr, mit ›nach Hause‹.«

»Du brauchst dich nicht zu entschuldigen. Nur, an diese, wie soll ich sagen, ›schrille Symbolik‹ muß ich mich erst gewöhnen: Der wandermüde Sohn kehrt heim in den Mutterschoß, den kalten Schoß der Mutter Erde.«

»Genau so«, sagte die Madonna, »auch wenn die Symbolik noch so schrill klingt.«

»Gut«, sagte Julia, »ich werde dafür sorgen.«

16

In der Nacht wachte Christian auf. Der Schmerz hatte ihn im Griff. Sein Herz schlug hart. Ihm war heiß. Er tastete nach der Klingel.

»Ich gebe Ihnen eine Spritze«, sagte die Nachtschwester, »und noch etwas zu trinken.«

Christian spürte ihre Hand auf seiner Stirn.

»Ich bleibe bei Ihnen, bis Sie wieder eingeschlafen sind.«

Der Druck auf der Brust ließ nach. Sein Herz wurde ruhiger. Er schlief ein.

Als er wieder aufwachte, saß sie immer noch da. Aber es war gar nicht die Nachtschwester. Es war die weiße Madonna aus dem Bild an der Wand, die Falten ihres steinernen Umhangs sorgsam geglättet.

»Wo hast du deinen Sohn?« fragte Christian.

»Bist nicht auch du mein Sohn?«

»Wirst du auch um mich weinen, wie um den toten Jesus?«

»Ich bin nicht gekommen, um dich zu beweinen, ich bin gekommen, um dich zu mir zu holen.«

»Und warum erst jetzt, wo mein Leben fast zu Ende ist?«

»Ich komme nicht erst jetzt. Ich bin immer da gewesen. In jeder Göttin, jeder Prinzessin, jeder Pechmarie war ich deine Göttin, deine Prinzessin, deine Pechmarie. Mit jeder Frau, die du verlassen hast, hast du mich verlassen; in jeder, zu der du dich flüchtetest, war ich das Ziel deiner Flucht.«

Sie beugte sich vor, hob ihn aus dem Bett. Ganz leicht war er in ihren Armen. Sein Kopf ruhte an ihrer Brust als ruhe er endgültig aus, als gebe es nur noch diese eine Ruhe. Er sah zu ihr auf.

»Was hast du für schöne Augen?«

»Daß ich dich besser sehen kann.«

»Und so starke Arme?«

»Daß ich dich besser halten kann.«

Christian seufzte tief und schloß die Augen. Er lag in ihren Armen, ließ sich tragen wie ein Kind. Als sei er am Ende zum Anfang zurückgekommen, wo alles noch gut war.

Doch als er die Augen wieder aufschlug, überfiel ihn die Angst wie eine plötzliche Woge. Die, in deren Armen er lag, hatte sich in eine Knochenfrau verwandelt, drückte mit Knochenarmen seinen Körper gegen ihre harten Rippen. Er suchte ihr Gesicht. Leere Augenhöhlen sahen über ihn hinweg.

Er schrie.

»Warten Sie«, sagte die Nachtschwester, »ich gebe Ihnen noch einmal Morphium. Gleich wird es besser.«

Da war, die ihn trug, wieder aus Fleisch und Blut.

»Was ist?«

»Ich habe Angst«, flüsterte Christian.

»Angst gehört dazu«, sagte sie, »aber es wird nicht bei der Angst bleiben.«

Sie hatte eine Münze in der Hand. Die legte sie ihm unter die Zunge, und Christian hatte wieder den Geschmack von Messing im Mund.

»Warum gibst du mir Geld zu essen?«

»Das ist für den Fährmann, damit er dich über den Fluß bringt.«

»Der Tod schmeckt nach Messing«, sagte Christian, »das habe ich immer gewußt.«

»Es ist aber Kupfer«, sagte die Madonna, »ein Pfennigstück. Der Fährmann ist genügsam.«

Christian lächelte.

»Mein Leben lang habe ich geglaubt, daß der Tod den Geschmack von Messing hat. Und nun schmeckt er nach Kupfer.«

»Es gibt Dinge im Leben«, sagte sie, »die erfährst du erst, wenn du sie erlebst und wenn es am Ende des Lebens ist. Doch nun steh auf!«

Christian stand auf, stand völlig sicher auf seinen Füßen. Auch die Madonna erhob sich, nahm ihn an die Hand. Sie öffnete eine Tür. Licht kam herein und eine Musik, wie Christian sie noch nie gehört hatte, Musik wie das Spiel von Wind und Wasser, fließend-wiegende Bewegung, romantische Orgelmusik über lateinamerikanischen Rhythmen.

Christian sah nackte Füße, als ob Sommer wäre, vielfarbig gelackte Nägel, Silber-Kettchen um die Knöchel tanzender Frauen, die sich bewegten im Takt der Musik, jede für sich und doch gemeinsam, auseinander, aufeinander zu, sich gegenseitig im Gleichgewicht haltend, und wieder voneinander lösend.

Die Musik nahm Christian gefangen, zog ihn in den Kreis der Tanzenden. Sie ließen ihn. Er sah in fremde Gesichter fremder Frauen, spürte Neugier, Zuneigung, Gleichgültigkeit.

Da war eine, die trug eine Mütze, und als er genauer hinsah, war daran ein roter Stern. Die Frau drehte sich zu ihm. Lustige Augen, spöttisches Lächeln. »Rosa!«

Sie war überhaupt nicht verwundert, ihn zu sehen. Ganz so, als ob sie ihn erwartet hätte.

»Hier«, sagte sie, »für deine Reise.«

Sie steckte ihm ein Geldstück zwischen die Lippen. Er nahm es, bewegte es im Mund hin und her, schob es schließlich unter die Zunge zu dem von der Madonna. Er hätte gerne noch mit Rosa gesprochen. Doch die war nicht mehr zu sehen, war schon wieder untergetaucht in dem Gewoge der Tanzenden.

Bei der nächsten Umdrehung fiel ihm ein Teenager auf. Die hatte eine Katze im Arm, tanzte mit ihr, schwenkte sie herum. Der schien es zu gefallen. Christian sah duffle-coat-grüne Augen in einem Meer von Sommersprossen. Eva!

»Wir haben etwas für dich«, sagte sie, »damit du übers Wasser kommst.«

Eva gab der Katze in ihrem Arm eine Münze. Die hielt sie zierlich in ihrer rechten Pfote, legte sie vorsichtig auf Christians Unterlippe. Der nahm sie in den Mund zu den anderen beiden, dachte, daß es nun schon drei waren, und daß er vielleicht einmal den Mund voll Geld haben werde, da merkte er, daß es nur eine Münze war, die unter seiner Zunge lag, drei mal dieselbe. Doch als er das Eva mitteilen wollte, war sie schon weiter, eine Tanzende unter Tanzenden um ihn herum.

Auch Christian kam wieder in Bewegung. Da war eine vor ihm, die warf im Takt der Musik lange, kupferrote Haare über ihre Schultern. Die Arme, die sie mit großen Gebärden in ihre weiträumigen Bewegungen einbezog, waren voll klirrender Reifen, Fuß- und Fingernägel in der Farbe ihrer Haare.

»Hier«, sagte Gisela, hielt ihm ein Pfennigstück in der an ihr vorherrschenden Farbe entgegen. Die Hand, die die Münze hielt, mit Ringen überladen.

»Hier«, wiederholte sie, lud ihre Gabe bei Christian ab, wirbelte davon.

Christian sah ihr nach. Da sah er, woher die Helligkeit kam, die den Raum ausfüllte. Sie brach aus einem Tunnel, der ganz aus Licht gemacht zu sein schien. Christian setzte sich in Bewegung, die Lichtquelle zu erforschen, da stand ihm ein Kind im Wege, ein Mädchen in einem rosa Kleid und mit einer Schleife im Haar. Unsicher kam sie auf ihn zu mit zur Begrüßung vorgesteckten Händen.

»Ich bin doch die Edith!«

»Edith!«, sagte Christian, »und wie lange ist das schon her!«

»Und ich habe dir auch etwas mitgebracht.« Das klang wie aufgesagt.

»Du mußt dich aber zu mir herunterbeugen, sonst kann ich es dir nicht geben.«

Christian kniete sich vor sie. Da war sie etwas größer als er.

»Du mußt die Zunge rausstrecken.«

Er gehorchte, und sie legte ihm ihre Gabe ordentlich auf die Zungenspitze.

»Jetzt kannst du den Mund wieder zumachen.«

»Und warum gibst du mir das?«

»Weil - hier ist das Reich der Lebenden«, sagte sie eifrig, »und da«, sie zeigte in Richtung des Lichttunnels, »ist das Reich der Toten. Dazwischen fließt ein Fluß. Der heißt ›Stücks‹ oder so ähnlich, wie ein Hundename. Es gibt aber keine Brücke, auf der man hin- und hergehen könnte. Nur eine Fähre. Die fährt immer nur in eine Richtung. Wer mitfährt, muß bezahlen, und das ist das Fahrgeld.«

»Ich danke dir, Edith«, sagte Christian. Er wollte ihr die Hand geben, doch sie war schon weiter.

»Tschüß«, rief sie zurück. Es klang, als sei sie froh, es hinter sich gebracht zu haben.

Christian stand auf.

»Einmal hast du vor mir auf den Knien gelegen, du Schlot.«

Christian sah geradewegs in die blaßblauen Gänseaugen Doros, die ihre kräftige Figur im Takt der Musik sparsam auf und abbewegte.

»Das war ein Versehen«, sagte Christian. »Und das ist nur passiert, weil es in der Kneipe nicht hell genug war.«

»Wir wollen über die Gründe nicht streiten. Wir wollen überhaupt nicht streiten«, sagte Doro. »Ich möchte nur, daß du weißt: Ich lasse dich gehen ohne Groll. - Hier, mein Obolus für den Charon, daß er dich heil hinüberbringt.« Sprachs, wandte sich ab, war nicht mehr zu sehen.

Christian spürte ihre Münze unter der Zunge. Es war und blieb die eine, wieviele auch dazu gekommen waren. Doch bevor er sich darüber wundern konnte, hatte er eine neue Tanzpartnerin, eine zierliche Person in einem kurzen Rock. Am Kettchen ihres linken Fußes trug sie eine kleine Glocke, die bei jedem Auftreten den Rhythmus der Musik unterstrich. Sie hatte ihre Figuren auf Christians Bewegungen abgestellt, tanzte vor ihm, neben ihm, um ihn herum, ungleich eleganter, als er es je vermocht hätte. Im Entgegenkommen hoben sich auberginenfarbene Augendeckel, und Christian sah in die glasdunklen Augen Monas.

»Nicht stehenbleiben!« rief sie. »Es ist schön, mit dir zu tanzen.«

Sie hielt ihm ihre Faust entgegen, öffnete sie. Auf ihrer flachen Hand hockte eine Eule, ein winziges Tier aus Stein.

»Du mußt sie streicheln,« sagte sie, »dann kannst du dir was wünschen. Aber mit Links. Mit Rechts funktioniert das nicht.«

Christian streichelte das Tier, spürte seine Wärme, es war die Wärme von Monas Hand.

»Ich wünsche mir, daß du mich nicht vergißt«, sagte er, faßte sie um die Schultern, und nun tanzten sie eng aneinander.

»Versprochen! Und ich wünsche dir, daß du alles vergißt, wenn du über den Fluß fährst.«

Sie machte sich von ihm los, war ihm gegenüber, ihre Augen zwei tiefe Brunnenschächte. Feierlich hob sie die Hand und legte Christian ihre Münze auf die Zunge. Der nahm sie wie eine Oblate. Dann drehte sie sich weg. Christian horchte dem Klang ihres Fußglöckchens hinterher, bis er in der Musik untergegangen war.

Als Christian sich umdrehte, stand Elbe vor ihm. Ihre linke, erhobene Hand steckte in einem Arbeitshandschuh mit den langer Stulpe. Darauf saß, wie ein Falke auf der Hand des Falkners, eine Krähe, die Christian feindselig, so meinte er, beäugte.

»Sie tut dir nichts.«

»Ich kenne sie schon lange«, sagte Christian, »und sie mich auch. Sie war einmal Teil meines Haushalts.«

»Du fährst jetzt über den Fluß«, sagte Elbe.

»Aber das ist nicht die Elbe. Das ist ein anderer Fluß als andere Flüsse.«

»Es ist ein Fluß. Und darauf kommt es an.«

»Wie es am anderen Ufer aussieht, weiß ich nicht«, sagte Christian. »Es ist noch niemand zurückgeschwommen.«

»Vielleicht ist es am anderen Ufer schöner als hier und du willst gar nicht zurück.«

»Kann sein, daß ich es bald weiß.«

»Komm«, sagte Elbe zu der Krähe, »gib Christian unser Fährgeld.« Sie hielt ihr ein Geldstück hin. Die nahm es geschickt mit dem Schnabel und baute sich Christian gegenüber auf.

»Nicht von Olga«, sagte er.

»Immer noch eifersüchtig? Meinst du, daß das jetzt noch eine Rolle spielt?«

»Es macht es jedenfalls nicht leichter.«

»Dann gib ihn mir wieder.« Elbe hielt ihre andere Hand auf, und die Krähe ließ den Pfennig hineinfallen.

»Und nun flieg.« Elbe katapultierte den Vogel nach oben. Der breitete seine Flügel aus und flog empor. Christian sah ihm nach, und sah über sich den Himmel voller Sterne.

»Hörst du ihn?« fragte Elbe.

»Wen?«

»Den Fluß. Er ist ganz nah. Der Tunnel führt dich zu ihm.« Christian lauschte. Und er hörte das Rauschen eines großen Wassers.

Elbe streifte ihren schweren Handschuh ab, warf ihn hinter sich, nahm die Münze mit Daumen und Zeigefinger, schob sie behutsam Christian zwischen die Lippen.

»Ich wünsche dir, daß der Mond scheint, wenn du über den Fluß fährst.«

Christian bewegte sich auf den Lichttunnel zu. Da kam ihm eine Person in die Quere, tanzte ihm in den Weg, als ob sie es auf ihn abgesehen hätte. Er wich aus, tanzte um sie herum, an ihr vorbei auf den Tunnel zu. Da war sie hinter ihm.

»Christian?«

Er drehte sich um. Sie trug eine gelbe Bluse mit lauter Knöpfen, halb geöffnet. Und, wie sie ihn ansah, vom Tanzen leicht erhitzt, konnte sich Christian nicht erinnern, je ein schöneres Frauengesicht gesehen zu haben.

»Marion! Daß du gekommen bist...«

»Und du wolltest dich davon machen, ohne von mir Abschied zu nehmen?«

»Ich wußte ja nicht, daß du hier bist.«

Christian sah sie unverwandt an.

»Sag mal, wie alt bist du eigentlich?«

Marion lachte.

»Wenn du sechsundfünfzig bist, bin ich zweiundsiebzig. Aber was bedeutet das schon im Angesicht der Ewigkeit!«

Sie umarmte und küßte ihn, und unter dem Kuß schob sie ihm mit der Zunge ihre Münze in den Mund.

»Was ich dir unbedingt noch sagen muß...«, sagte Christian.

»Nun?«

»Der Tod schmeckt nicht nach Messing, sondern nach Kupfer.«

»Und ein bißchen«, sagte sie, »schmeckt er hoffentlich nach mir.«

Sie löste sich sanft von ihm, hob die Hände zum Gruß und verschwand.

Er wandte sich nun wieder der Lichtquelle zu. Aus dem Tunnel brach die Helligkeit über ihn herein. Die Musik nahm ihn auf. Und Christian tanzte ins Licht.

Als Julia am Morgen ins Krankenhaus kam, war er gestorben. - »Um halb Vier«, sagte Schwester Inge, »ganz ruhig, ohne Schmerzen. Wenigstens das. - Wir haben ihn liegen gelassen, damit Sie ihn noch einmal so sehen können wie in den letzten beiden Wochen.«

Julia ging zu Christian ins Zimmer. Er lag in seinem Bett, die Augen geschlossen. Seine Stirn war kalt, eine Kälte, die von innen kam. Die Hände auf der Decke hatten etwas wächsern Durchscheinendes. Sein Kinn wurde von einer Binde gehalten. Die sorgte dafür, daß der Mund geschlossen blieb, bis die Leichenstarre solch eine Untertützung unnötig machte.

Sie setzte sich ans Bett, wie sie da jeden Tag gesessen hatte, sah Christian lange an. Sein Gesichtsausdruck war der eines Menschen, der etwas erlebt hat, woran er sich gerne erinnert. Und zugleich kam es ihr vor, als ob sein Gesicht sich veränderte, ihr fremder würde, als bewege Christian sich von ihr weg.

Sie stand auf, trat ans Fenster, machte es weit auf, sah hinaus in den sonnigen Wintermorgen.

»Hörst du die Amsel?« hörte sie Christian fragen.

»Ich sehe sie«, antwortete Julia. »Sie sitzt da drüben in der Kastanie.«

Bitte, beachten Sie auch die folgenden Seiten

Lieferbare Radius-Bücher. Eine Auswahl

Traugott Giesen: Hiersein ist herrlich. Urlaub und Alltag.
366 Gedanken. Texte für jeden Tag des Jahres
Traugott Giesen / Hans Jessel: Sylt für die Seele.
45 Texte, 45 Farbfotos
Friedrich Grotjahn: Der Geschmack von Messing
Gustav-Heinemann-Initiative (Hrsg.):
Dokumentationen der Jahrestagungen seit 1978
Hannah Green: Ich hab dir nie einen Rosengarten
versprochen. Bericht einer Heilung
Peter Härtling: Das Land, das ich erdachte. Gedichte
Peter Härtling: Für Ottla
Peter Härtling: Melchinger Winterreise
Peter Härtling: Notenschrift. Worte und Sätze
zur Musik
Peter Härtling: Und hören voneinander.
Reden aus Zorn und Zuversicht
Peter Härtling: Vor Bildern. Für Maler.
Porträts in Worten
Peter Härtling / Jürgen Brodwolf: Sternbilder.
Gedichte / Arbeiten auf Papier
Markus Haupt / Bernard Schultze: Gedichte / Ölmalerei
Dirk Heinrichs: Den Krieg entehren. Sind Soldaten
potentielle Mörder?
Dirk Heinrichs: Fallkraft der Feigheit. Drei Essays
zur politischen Kultur
Klaus-Peter Hertzsch: Der ganze Fisch war
voll Gesang
Klaus-Peter Hertzsch: Nachdenken über den Fisch
Reinhard Höppner: Segeln gegen den Wind
Inge und Walter Jens: Vergangenheit - gegenwärtig
Walter Jens: Das A und das O. Die Offenbarung
Walter Jens: Der Römerbrief
Walter Jens: Die vier Evangelien.
Matthäus, Markus, Lukas, Johannes
Walter Jens: Ein Jud aus Hechingen
Walter Jens: Der Teufel lebt nicht mehr, mein Herr!
Erdachte Monologe - Imaginäre Gespräche
Eberhard Jüngel: ... ein bißchen meschugge ...
Predigten und biblische Besinnungen
Erika Kitter: Multiple Sklerose. Leben mit
einer Krankheit

Christoph Klimke: Der Test
Christoph Klimke: Wo das Dunkel dunkel genug.
   Gedichte
Christian Krause: Aus Geschichte lernen. Reden
Jo Krummacher / Hendrik Hefermehl:
   Ratgeber KDV
Gerd Lüdemann / Martina Janßen:
   Bibel der Häretiker. Nag Hammadi
Gerd Lüdemann / Alf Özen: Was mit Jesus
   wirklich geschah
Horst Lütten: Mein Herz schlägt für Kain.
   Genesis 1 - 11
Horst Lütten: Wie wurde Wasser zu Wein?
   Geschichten aus dem Neuen Testament
Henning Luther: Religion und Alltag
Kurt Marti: Der Heilige Geist ist keine Zimmerlinde
Kurt Marti: Fromme Geschichten
Kurt Marti: geduld und revolte.
   die gedichte am rand
Kurt Marti: Die gesellige Gottheit. Ein Diskurs
Kurt Marti: gott gerneklein. gedichte
Kurt Marti: Von der Weltleidenschaft Gottes.
   Denkskizzen
Gerhard Marcel Martin: Das Thomas-Evangelium
Gerhard Marcel Martin: Vogel-frei
Marietta Peitz: Die Sonnenrückseite der Träume.
   Einblicke in die Welt der Karibik
Marietta Peitz: Ich sollte Lilien pflanzen,
   ehe ich gehe. Tagebuch des Älterwerdens
DAS PLATEAU. Die Zeitschrift im Radius-Verlag
   Erster bis zwölfter Jahrgang
RADIUS-Almanach 1978/79 bis 2001/2002.
   24 Ausgaben
Günter Radtke: Notizen zur greifbaren Nähe
Ruth Rehmann: Der Oberst begegnet Herrn Schmidt
Johannes Richter: Innen und außen. Gedichte
Karl-Heinz Ronecker: Friede sei in deinen Mauern.
   Jerusalemer Predigten
Martin Scharpe (Hrsg.): Heilige Nacht. Heiliger Tag.
   Die 100 schönsten Weihnachtsgedichte
   und -geschichten

Prospekte und Informationen beim

Radius-Verlag · Olgastraße 114 · 70180 Stuttgart
Fon 0711.607 66 66   Fax 0711.607 55 55